박서영

2017년 단편소설 「윈드밀」로
제16회 대산대학문학상을 수상하며
작품 활동을 시작했다.

다나

다나

오늘의 젊은 작가 54

박서영
장편소설

민음사

차례

1부

경북의 한 동물원에서 동물 한 마리가 탈출했다. 나는 뉴스를 듣자마자 그 동물이 내 엄마라는 걸 알았다.

라디오를 진행하는 여자 아나운서가 탈출한 동물종의 이름을 발음했다. 다나. 그 구간에서 내가 탄 트럭의 타이어가 과속방지턱을 밟았다. 둥근 언덕을 지나며 사륜구동 트럭의 좌석이 붕 떠올랐다가 가라앉았다. 30년 만의 두 번째 탈출이라는 설명이 라디오에서 흘러나왔다. 기형적으로 뭉툭한 조 단장의 검지 손톱이 핸들에 툭툭 부딪쳤다. 아닌 척하면서 옆자리의 내 눈치를 살폈다. 나는 적당히 경계하는 표정으로 앞만 바라보았다. 유리창 너머는 한쪽으로 낙석 방지 펜스를 세운 왕복 2차로 도로였다. 아직 이곳을 떠나지 않은 새벽 안개가 표지판과 방호벽을 느리게 휘감았다. 동물원의 위치는 이 나라의 꼬리뼈 부근으로, 내가 사는 강원도 법송군에서 남쪽으로 시외버스를 두 번 갈아타며 네 시간 달려야 하는 거리였다. 아나운서는 지자체에서 재난 문자를 발송한 사실을 전했다. 고루하다 싶을 만큼 표준발음법을 정확히 이행하는 혀. 그녀는 박새의 둥지를 노리는 뱀처럼 내 머릿속에 들어와 똬리를 틀기 시작했다.

내 상상 속 그녀는 편한 복장으로 라디오 부스 안에 앉아 형광펜이 죽죽 칠해진 대본을 손에 꼭 쥐고 있다. 머리에는 언뜻 귀처럼 보이는 거대한 헤드폰을 쓴 채다. 보통은 검은색을 많이 사용하지만 내 취향은 초록색이다. 그러므로 그녀는 초록색 헤드폰을 쓰고 있다. 혀가 유빙을 가로지르는 쇄빙선처럼 거침없이 문장 속을 파고든다. 사육사가 잠깐 문을 열고 다른 일을 하는 사이 황급히 우리를 탈출한 한 짐승의 이야기가 단정한 입에서 날카롭게 분해된다.

사람의 모습을 하고 직립보행을 하는 그 짐승은 내 엄마다. 그리고 조 단장은 내가 짐승의 딸이라는 것을 아는 두 사람 중 한 명이다. 뭉툭한 손톱이 불안하게 핸들에 닿았다가 떨어지길 반복했다. 심각하게 상황을 전한 아나운서는 다음 뉴스로 넘어갔다. 손톱은 이제 움직이지 않았다. 내 머릿속에서 그려지던 얼굴도 사라졌다. 남은 건 고요한 새벽 출근길이다.

트럭이 산 초입에 들어섰다. 잡풀 사이로 무성의하게 트인 흙길을 덜컹거리며 오르다 보면 수문장처럼 우뚝 선 고목과 마주친다. 여기서부터는 걸어야 한다. 시동을 끄고 트럭에서 내렸다. 고개를 젖히자 팔을 넓게 뻗은 늙은 낙엽송들과 눈이 마주쳤다. 나이가 많은 탓인지 영 힘이 없어 보였다. 그럼에도 뾰족한 침엽만은 볕을 쭉 빨아들이고 있었다. 그 너머 능선은 온통 초록이었다. 침엽수끼리 이뤄 낸 군락지가 펼쳐져 있었다.

아직 다른 단원들은 오지 않았다. 조 단장과 나는 트럭 뒷좌석 문을 열어 작업복을 꺼냈다. 입고 있던 옷을 벗지 않고 그대로 팔과 다리를 작업복에 쑤셔 넣었다. 톱날이 닿아도 다치지 않도록 무릎 보호대를 착용했다. 장갑을 두 겹 꼈다. 체온이 높아지면서 혈액이 조금씩 끓어오르는 느낌이었다. 등 뒤에서 들려오던 엔진음이 뚝 멎고, 단원들이 하나둘 트럭에서 내렸다. 멈춘 타이어 근방으로 흙먼지가 선회를 일으켰다.

숲 안쪽으로 깊이 들어갈수록 흙길이 질퍽해졌다. 걸을 때 미끄러지지 않도록 신발 밑창에 박힌 못들은 무거운 게 단점이었다. 단원들이 각자 작업 구역으로 뿔뿔이 흩어졌다. 나는 주황색 안전모를 썼다. 내 옆에서 같이 걷던 단원이 목소리를 무겁게 깔고 말을 걸었다.

"다나가 탈출했다지."

그건 꼭 사람처럼 생겼어. 지나칠 정도로 핼쑥한 게 꼭

잘 닦은 유리 같달까. 하는 짓은 원숭이 같은데 생김새는 아
나……. 올해 딱 쉰 살이 된, 나보다 스무 살 많지만 단원 중
에서 나 다음으로 가장 젊은 그가 자신이 아는 다나에 대해
떠들었다. 당산나무의 이무기 전설을 전해 주는 여든 노인처
럼 심각한 얼굴이었다.

사실 국유림 영림단이 다나를 모를 수는 없다. 확실히 다
나의 탈출은 재난이다. 지자체에서 괜히 재난 문자를 발송한
게 아니다. 다나는 소나무를 죽이는 병해충인 소나무등벌레
를 이 땅에 들여온 매개체다. 다나섬에만 서식하던 신비로운
짐승, 다나……. 동물원 전시 동물로 포획되어 이 나라에 수
입되었다가 되레 병충이나 퍼트린 외래종……. 다나의 몸에는
소나무등벌레가 기생한다.

"다나가 이 산 저 산 들쑤시고 다니면 소나무가 다 죽어
버릴 텐데. 걱정이야. 사람의 얼굴을 하고 있으니 사람인 척
옷 입고 다니면 영원히 못 알아볼지도 모를 일이고……. 목덜
미에 털이 수북한 게 특징이긴 하지만 그 정도는 깎으면 그만
이잖아."

나는 꼭 필요한 경우가 아니면 굳이 말을 하지 않는다. 사
람의 말을 늦게 배워 발음이 어눌하기 때문이다. 언제나 형태
소를 발화하는 혀를 의식하고, 라디오 부스의 아나운서를 상
상하는 것도 여기서 비롯한 습관이다. 입을 열어 내 의사를

발설하려는 순간 언어가 물기 없이 뚝뚝 찢어지는 것을 느낀다. 상대의 시야에는 얼뜨기 같은 내 모습만 남고 만다. 나는 할 말을 참는 척 볼이 튀어나오도록 혀로 입안을 쓸었다. 그러다가 과장해서 침을 꿀꺽 삼키고 안전모 보호막을 내렸다. 얘기하고 싶지 않다는 뉘앙스가 전해졌는지 단원은 더 이상 말을 잇지 않고 멀리 떨어진 자기 구역으로 향했다.

오늘 벌목 면적은 축구장 절반 정도다. 오래전 산불로 고사한 산림을 복원하기 위해 인위적으로 묘목들을 심은 곳이다. 나무 과반수가 쉰 살을 넘었다. 늙은 나무는 탄소 흡수 기능이 떨어진다. 법송군청이 이곳에 벌목 사업 허가를 바로 낸 것도 이런 이유에서다. 이 고목들은 앞으로 한 달간 벌목되어 가구로 쓰일 것이다.

이런 숲 가꾸기 사업을 수주하는 건 영림단장의 역할이다. 법송군은 초등학교가 두 개에 불과한데 영림단은 일곱 개에 달한다. 영림단 간의 치열한 경쟁에서 조 단장은 언제나 적기만을 노려 능숙하게 사업을 따 온다. 산림청의 공식적인 방침은 경쟁 입찰이지만 실상은 수의계약이 대부분이다. 조 단장의 높은 사업 계약률 비결은 못해도 한 달에 한 번씩 무조건 하는 군청 직원들과의 술자리다.

속에서부터 썩어 시꺼먼 얼굴을 하고 시시껄렁한 이야기를 나누는 나이 든 남자들. 예컨대 드라마에 가끔 조연으로 나오는, 얼굴만 유명하고 이름은 전혀 알려지지 않은 남자 배우를 예전에 태국의 마사지 업소 엘리베이터에서 봤다는 그런 이야기. 보자마자 그를 알아봤고 그도 그 사실을 알아챘지만 누구도 내색하지는 않았다고. 남자들만 공유할 수 있는 정서, 눈만 마주쳐도 다 안다는 그 침묵……. 언젠가 내가 유일한 여자였던 술자리에서 중년의 산림과 과장은 그런 말을 하며 웃겨 죽겠다는 듯 크게 웃었다. 그 앞에 치목처럼 앉아 있던 내게 과장이 소주를 따라 주기 위해 엉덩이를 들었다. 한 잔 받지? 그러나 나는 아집을 부리듯 잔을 내밀지 않았다. 과장이 머쓱하게 의자에 다시 엉덩이를 붙였다. 어색한 분위기를 풀기 위해 다른 직원이 그 남자 배우에 관해 떠들었다. 요즘은 또 어떤 영화에 주인공의 아버지로 나오더라면서……. 나는 타기 직전의 고기를 집어 입에 넣고 씹었다. 그러자 내가 치목보다는 청설모에 가깝다는 생각이 불현듯 들었다. 솔방울 씨를 입안 가득 숨기는 작은 짐승 한 마리…….

쓸모없는 생각이었다. 나는 짐승의 딸이지만 짐승은 아니다.

그런 일이 몇 번 반복되자 조 단장은 나를 술자리에 부르지 않았다. 군청 직원들과의 친목에 내가 방해되어서였겠지만 한편으로는 나에 대한 배려로 여겨져 좋았다. 조 단장은 단지 라디오 뉴스를 듣는 것만으로도 내 눈치를 보며 뭉툭한 손톱만 핸들에 툭툭 두들기는 사람이니까.

엔진 톱의 브레이크를 풀었다. 흘깃 오른쪽을 곁눈질하자 안전모를 쓰고 벌목하는 단원이 보였다. 숲은 이미 여러 개의 엔진 톱 소음으로 엉망이었다. 이런 곳에서는 필히 귀마개를 해야 청력에 손상을 입지 않는다. 나는 한 손으로 손잡이를 잡고 다른 한 손으로 스타터 줄을 잽싸게 당겼다. 그러길 세 번 반복하자 6킬로그램의 엔진 톱이 둔탁하게 떨기 시작했다. 꽉 잡지 않으면 다칠 수 있을 정도로 큰 반동이었다. 처음에는 내 체구를 생각하지 않고 요령 없이 당겼다가 날에 손목을 그대로 벨 뻔도 했지만, 전부 옛날 일이다. 이제 그런 실수는 하지 않는다.

낙엽송 주변의 잡목들을 쳐냈다. 무거운 엔진 톱을 들고 여기저기 휘젓다 보면 팔이 빠질 것만 같다. 키 큰 나무가 넘어져도 충분할 만큼의 공간을 마련하고 잠시 숨을 돌렸다. 잔가지 없이 알몸이 된 늙은 낙엽송을 올려다보았다. 나무가 어느 쪽으로 넘어질지 방향을 가늠했다. 고개 숙인 모양으로 보면 오른쪽이었다. 오른쪽 끝에 다른 단원이 일하고 있지만 직선거리로 나무 높이의 두 배는 떨어졌으니 거기까지 영향을 끼칠 가능성은 없었다.

톱날을 밑동에 댔다. 벌도 방향에 따라 나무가 넘어지도록 수구를 냈다. 상면과 하면 각도를 45도로 맞췄다. 톱질하면서 줄자를 쓸 수는 없으니 이때 측량은 감이다. 이 단계를 마치면 본격적인 벌목이었다. 톱밥이 불꽃처럼 여러 방향으로 빠르게 튀어 올랐다. 톱날이 깊숙이 들어갈수록 나무는 오른쪽으로 기울었다. 폼 타입 귀마개를 끼고 그 위에 안전모도 썼지만 엔진 톱 소음을 완전히 막을 수는 없다. 기름 냄새가 콧속을 찔렀다. 엔진 톱은 목줄을 당겨도 멈춰 세울 수 없는 목양견처럼 정신없이 달달거렸다. 내가 딛고 선 자리에만 지진이 난 것 같았다. 손에서 조금이라도 힘이 빠지면 끝장이었다. 그러나 어느 지점에서는 목소리를 쥐어 짜내야 한다. 나무 밑동이 다 드러나기 전 나는 외쳤다.

"나무 넘어간다!"

그런데 정말 내가 맞게 발음했을까? 어차피 이곳 단원은 모두 귀마개를 낀 채 간단한 소통만 주고받는다. 멀리서 흐릿하게 목소리만 들어도 정황상 대강 유추가 가능한 내용으로만. 일할 때가 아니면 사람들은 발음이 부정확한 내 말의 의도를 뉘앙스로 때려 맞힌다. 뉘앙스. 언젠가 외국어는 뉘앙스로 하는 거라고 말하는 사람을 텔레비전에서 봤다.

나무가 오른쪽으로 넘어갔다. 처음 몇 초는 느리게 기울다가 땅과 가까워지면서 순식간에 고꾸라졌다. 지면과 부딪친 낙엽송이 무겁게 가라앉았다. 반동이 발바닥까지 밀려왔다. 그것은 아주 느긋하게 머무르다가 사라졌다.

다나는 다나섬에 사는 우세종의 이름이다. 다나섬에서 왔기 때문에 다나라고 불린다. 북마리아나제도연방에 가장 마지막으로 편입된 섬. 지척에 괌을 두고 있다. 서구 열강이 개척 역사 내내 발견하지 못해 오랫동안 미지의 섬이던 곳이다. 지도에서 보이지도 않을 만큼 작은 다나섬은 독특하게도 땅 전체가 흑가시나무 군락지다. 유목일 때만 가시를 세우는 육지의 흑가시나무와 달리 다나섬의 흑가시나무는 다 커서도 주낙처럼 복잡하게 얽힌 가시를 세운다. 누구라도 섬에 발을 들이면 찔러 죽여 버리겠다는 태세로.

다나섬의 기후는 괌과 비슷한 열대 해양성이다. 어느 계절이든 평균 27도의 기온을 유지한다. 흑가시나무는 따뜻한 땅을 좋아한다. 그러나 기온만으로는 다나섬이 독특한 흑가시나무 군락지인 이유를 설명할 수 없다. 온화한 날씨를 좋아하기는 다른 나무들도 마찬가지다. 바다의 수증기와 흑가시나무가 내뱉는 후덥지근한 습기에 갇힌 다나섬은 멀리서 보면 꼭 거대한 성게 같다.

다나섬과 다나에 대한 연구가 본격적으로 이뤄지기 시작한 건 20세기 중반으로 비교적 최근의 일이다. 이후 다나에 대한 무수한 다큐멘터리와 책이 나왔다. 처음 섬에 발을 들인 학자들은 다나를 섬의 원주민으로 보고 접근했다. 부끄러움이 학습되지 않은 듯 남녀 모두 성기를 드러낸 인간들. 유럽보다 아시아 계통에 더 가까워 보이는 생김새였다. 피부는 남녀 모두 하얗다 못해 잘 닦은 거울처럼 투명했다. 자외선에 취약한지 얼굴 전체가 호박빛 주근깨로 빼곡히 덮여 있었다. 성체의 키는 보통의 어린이보다 조금 큰 정도. 생후 1년 안에 직립보행을 시작해 20대에 발육을 마치는 게 인간과 전혀 다르지 않았다. 인간보다 평균 수명이 짧지만 그건 식량과 의료의 차이이기도 했다. 인간도 어떤 환경에 사느냐에 따라 평균 수명이 다른 것처럼 말이다. 거기까지만 보았다면 그저 열등한 민족이라고 여기는 데 그쳤을지도 모른다. 학자들은 이들의 목덜미를 수북하게 덮은 검고 긴 털에 주목했다. 그 이질적인 특징은 모든 원주민에게서 확인되었다. 인간의 체모는 머리카락을 제외하고 일정한 길이에서 성장을 멈춘다. 콧등과 어깨, 쇄골, 무릎, 그리고 목덜미가 깨끗하기에 인간은 다른 짐승들과 한눈에 구분된다. 생닭 같은 피부로 온갖 혹한을 이악스럽게 견디는 게 인간이다.

그동안 이루어진 무수한 실험에 따르면 다나는 원주민이 아니라 토착 동물이다. 한때 많은 논란이 있었으나 현재 의심할 바 없는 정설이다. 다나는 외형이 인간과 흡사하고 생물학적으로도 가까우나 인간은 아니었다. 씨족이나 부족 같은 사회를 이루지 않았으며 토테미즘, 애니미즘 같은 문화도 없었다. 목청으로 소통하지만 그건 언어가 아닌 울음이었다. 육아

는 암컷이 했고, 수컷은 같은 공간에 있는 자기 자식을 알아
보지 못했다. 어떤 수컷은 자식을 공격하기 위해 호시탐탐 그
주변을 노렸다. 주식은 흑가시나무 껍질이었다. 저작에 요령이
없는 어린 다나들은 흑가시나무 가시 때문에 입안이 항상 흉
측하게 헐어 있었다. 다 먹고 난 뒤에는 아무 곳에나 새까만
변을 누었다. 변에는 기생충으로 보이는 실벌레들이 껴 있었
다. 인간들은 다나들에게 씨앗을 흙에 심는 법과 성냥을 긁
어 불을 일으키는 법을 가르쳐 주었다. 그러나 그걸 이해하는
다나는 절반이 되지 않았다.

다나섬은 1980년대 중반 북마리아나제도연방에 편입되었
다. 인간이 없으니 주민 투표도 필요 없었다. 독특한 문양의
남색 깃발이 섬 한복판에 꽂혔다. 소속의 의미를 모르는 짐승
들 한가운데서 깃발은 허공을 향해 꿋꿋하게 흔들렸다.

섬에 새로운 인간들이 끊임없이 들어왔다. 그러자 다나들
이 하나둘 죽어 나갔다. 대륙인을 타고 온 병원균이 원인이었
다. 지구에서 오직 다나섬에만 존재하는 신비로운 짐승의 개
체 수가 빠르게 줄어들자 세계 여러 국가는 조바심을 내며
다나 수입에 나섰다. 주로 암컷을 포획했다. 수컷보다 폭력적
이지 않고 약해서였다. 다나들은 작은 상자에 갇힌 채 선박
에 실려 여러 나라로 뿔뿔이 흩어졌다. 그중 내 엄마는 한국
으로 들어온 한 마리의 다나였다.

1993년 한국에 들어온 내 엄마는 경기도의 동물원으로 옮겨졌다. 그곳에 전시된 첫날 평소보다 곱절 많은 관람객이 들이닥쳤다. 뉴스로도 보도된 그 현장은 지금도 인터넷에서 어렵지 않게 찾아볼 수 있다. 다나는 그 시절 유행하던 스포츠 웨어를 입고 헤어밴드를 낀 채 우리 안에 앉아 있었다. 머리카락과 목덜미 털이 함께 묶인 뒷모습은 언뜻 보면 목이 없는 것 같았다. 우리 뒤편에는 합천군에서 운반해 온 거대한 소나무가 우뚝 서 있었다.

관람객들은 가끔 우리 안으로 음료수 페트병이나 돌을 던졌다. 어떤 이물은 의도적으로 다나의 목덜미를 노린 것이었다. 다나는, 그러니까 내 엄마는 처음엔 뭔지도 모르고 맞다가 통증을 인식한 뒤부터 황급히 몸을 피했다. 남자 사육사가 관람객들에게 팔을 휘저으며 물건을 던지지 말라고 만류했다. 다나와 비슷한 나이의 청년으로, 동물원의 막내 사육사였다. 그러나 앞 순서의 관람객이 말을 들으면 그다음 관람객이 말을 듣지 않았다. 다나는 집게로 쓰레기를 줍는 사육사의 뒤를 졸졸 쫓아다녔다. 실내까지 함께 들어가려고 하자 사육사가 난색을 표했다. 꼭 다나가 사육사를 좋아해서 쫓아다니는 듯한 모습에 관람객들은 별나게 웃었다. 어금니처럼 꽉 맞물린 철문 앞에서 다나는 침울해했다.

담당 사육사에 대한 다나의 높은 의존도는 이후 일어난 사건을 조사하던 당시 동료 사육사들이 남긴 증언으로 현재까지도 전해지고 있다. 그건 20세기 말 한국에서 일어난 엽기적인 사건이었다. 다나는 어쩌다 다른 사육사가 씻기려고 하면 투명한 담요로 몸을 감싼 듯 웅크리고 움직이지 않았다. 엄마는 다나 중에서 똑똑한 축으로 드물게 부끄러움까지 학습했다. 바쁜 막내를 대신해 샤워 호스를 잡은 고참 사육사는 왠지 기분이 더러워졌다. 이건, 말처럼 뒷발로 위협하는 것도 아니고, 생긴 것도 인간 여자와 다를 바 없어선…… 여탕에 들이닥친 파렴치한을 보는 눈빛이더라고요. 내가 지를 겁탈이라도 해? 그래 봤자 짐승 주제에……. 고참은 막내에게 다나를 넘겼다. 꼭 재가 너를 애인으로 여기는 것 같아. 역겨움과 조롱이 묻어나는 말에 막내 사육사는 크게 화를 냈다. 아무리 농담이라도 그런 말은 하지 마십쇼. 그러나 고참은 막내 사육사에 대한 의심을 거두지 않았다.

당시 동물원 경비는 반복해 본 장면을 증언했다. 늦은 밤마다 창고에서 고무 대야를 들고 오는 막내 사육사에게 경비가 물었다. 그건 어디에 쓰려고 가져가는 겁니까? 사육사는 귀찮아 죽겠다는 듯이 대꾸했다. 주기적으로 물놀이를 안 시켜 주면 다나가 성을 내요, 하마처럼……. 사육사는 고무 대야를 들고 다나만 있는 실내 샤워장으로 들어가 문을 잠갔다. 대야에 물을 채우는 소리가 들리더니 이내 뚝 멈췄다. 물이

첨벙거리며 넘쳐흘렀다. 경비밖에 남지 않은 복도로 물 튀는 소리가 듬성듬성 울렸다.

동물원 수의사는 어느 날부턴가 다나의 먹성이 좋아졌다고 말했다. 예전 같으면 겁에 질려 피하고 말았을 관람객이 던진 물건을 황급히 쫓았다. 땅에 떨어진 쿠킹 포일을 마구잡이로 뜯어 삶은 달걀을 껍질째로 씹었다. 다나의 관심은 우리 내에 배치한 합천산 소나무로도 번졌다. 동물원에서는 정기적으로 먹이를 제공하기 때문에 한 번도 관심 가진 적 없는 소나무였다. 다나는 비정상적인 허기에 못 이겨 소나무 껍질을 물었다. 섬에서 했던 방식 그대로 껍질을 송곳니로 뜯어 씹었다. 지나치게 떫었다. 게다가 도시 매연에 오염돼 냄새도 비렸다. 다나는 얼마 먹지 않고 입만 쩝쩝거리며 뒤돌아섰다. 업무가 끝난 뒤 수의사는 흉하게 껍질이 뜯어진 소나무를 발견했다. 기이한 식성이 병 때문인지 알아봐야 했다. 찬찬히 다나를 들여다보던 시선이 문득 배에서 멈췄다. 물기 없이 마른 몸에 아랫배만 불룩 튀어나와 있었다. 수의사가 다나의 상의를 걷어 올리자 음부부터 배꼽까지 반듯이 새겨진 선이 드러났다. 임신선으로 추정되었다. 수의사가 이 사실을 동물원 최고 관리자에게 보고한 날 다나가 실종되었다.

여기부터는 내 상상이다. 엄마의 말을 조각조각 이어 붙인

내 상상.

모든 직원이 퇴근한 밤이었다. 짐승들도 다 실내로 들어간 동물원은 가로등 불빛 한 점 없이 까마득하게 어두웠다. 경비마저 떠난 그곳에서 막내 사육사는 다나와 함께 눈을 뜨고 있었다. 관람객이 없는데도 전시되는 기분이었다. 사육사는 사육장 가까운 곳에 세워 둔 중고차 뒷좌석에 다나를 태웠다. 다나가 움직이지 못하도록 안전띠를 바짝 조여 채운 뒤 운전석에 앉았다. 며칠간 제대로 자지 못해 건조한 눈을 세게 비볐다. 가속페달을 밟았다. 고무풍선처럼 빵빵하게 부풀어 오른 어둠 속을 뾰족하게 파고들었다.

다나는 창문에 펼쳐진 왕복 4차로 고속도로를 신기하게 바라보았다. 이 나라에 온 뒤 동물원 바깥으로 나가 본 적이 없었다. 끝없이 이어지는 아스팔트 노면 위로 헤드라이트 불빛이 길게 늘어졌다. 그에 반해 운전석의 사육사는 심각했다. 다나는 빛의 파동을 구경하다 자기도 모르게 잠이 들었다.

눈을 떴을 땐 벌써 아침이었다. 바깥의 산세가 험했다. 차는 국도를 아슬아슬하게 지나가고 있었다. 강원도 법송군 해발 420미터 고개 연리재의 초입이었다. 석회암 지대의 거친 산형을 따라 오르락내리락 조성된 국도는 멀미를 일으키기로 악명 높았다. 먼 훗날 터널이 개통되기 전까지 법송군 사람들은 다른 곳으로 이동할 때마다 연리재를 감싼 이 긴 국도를 빙빙 돌아야만 했다.

연리재 중턱에는 짓다 만 여관 같은 건물이 한 채 있었다. 오래전 건물주가 죽은 이후 방치된 폐건물이었다. 사육사는 그곳 2층에 다나를 데려다 놓았다. 차에서 무거운 박스를 꺼내 올라왔다. 다나는 몸을 둥글게 말고 앉아 앞에 후두두 떨어지는 물건들을 바라보았다. 딱 얼어 죽지 않을 만큼만 두꺼운 겨울옷과 방부제가 들어간 공장 빵 여섯 개, 비스킷 세 봉지, 500밀리리터 생수 다섯 통, 190밀리리터 멸균 두유 열두 팩⋯⋯. 박스를 탈탈 턴 사육사는 망설이지 않고 돌아섰다. 다나는 그 뒤를 따라가려다 동굴처럼 시커먼 어둠에 가로막혀 멈췄다. 곧 건물 밖에서 차에 시동이 걸리는 소리가 거칠게 들려왔다. 다나는 창밖으로 얼굴을 내밀었다. 지붕만 보이는 사육사의 차가 그대로 여관을 벗어났다.

영남에서 관동까지 태백산맥은 아득할 정도로 무결한 소나무 구역이다. 못생기고 비실비실한 것부터, 깊은 산속 군락지에서 목을 빳빳하게 세우고 아래로 풍경을 굽어보는 거대한 금강송까지⋯⋯. 영림단을 하며 이곳저곳 다니다 보면 이 나라의 허리만큼은 소나무가 빚어냈다는 착각도 든다. 그러나 숲은 한 가지 수종으로는 오래 유지될 수 없다. 숲속 보이지 않는 어느 구역은 의아할 만큼 소나무가 한 그루도 없기도 하다. 내가 기억하는 연리재도 그렇게 잡목이 우거진 숲이었다.

다나는 연리재에서 혼자 나를 낳았다. 사육사는 다나를 이곳에 데려다 둔 뒤 한 번도 찾아오지 않았다. 여관 밖에는 사육사를 기다리는 동안 다나가 먹은 식품들의 허물이 그대로 남아 있었다. 어린 나는 이곳에 돌아오는 사육사의 모습을 자주 상상했다. 제멋대로 자란 소태나무, 그 사이사이 키 작은 싸리나무들을 헤치는 발걸음 소리……. 내가 멋대로 빚어낸 사육사의 외형은 암컷이었다. 연리재에서 나가기 전까지 나는 한 번도 수컷을 본 적이 없었기 때문이다. 사육사는 다정하게 웃으며 내게 손을 내밀었다. 나는 기다렸다는 듯이 손을 뻗었다. 그러나 사육사는 순식간에 사라지고 한적한 숲이 드러났다. 햇빛을 받아 색이 흐릿해진 멸균 두유 팩 주변으로 잡초가 자라고 있었다. 다람쥐가 지나는 길목, 그 틈으로 못생긴 꽃들이 고개를 내밀었다.

모두가 빨리 벗어나려고만 하는 산의 한가운데, 나와 다나가 있었다.

다나의 실종은 당시 언론에 크게 보도되었다. 단순히 짐승이 없어진 사건이 아니었다. 다나는 값비싼 짐승이었다. 다나가 처음 경기도의 동물원에 들어왔을 때 언론은 다나가 우리나라의 성장한 경제력과 정치적 입지를 증명한다며 유난스럽게 급보했다. 그런 짐승을 놓친 건 이를테면 나라 망신이었다. 동물원 문단속도 제대로 하지 못하는 나라라니. 동물원 관계자들이 참고인 자격으로 경찰서에 불려 가는 모습까지 뉴스가 되었다.

조사 녹음테이프는 수사가 종결된 3년 후에 느닷없이 유출되었다. 지금은 검색 한번으로 쉽게 찾아 들을 수 있다. 호사가들에 의해 지긋지긋하게 재생된 그 테이프는 의자가 바닥에 끌리고 헛기침이 두 번 터지는 소리에서부터 시작한다. 군데군데 낀 노이즈 틈으로 동물원 경비의 목소리가 섞인다. ……몇 번, 그 사육사가 창고에서 고무 대야를 들고 나오는 걸 본 적이 있습니다……. 그 대야는 물을 싫어하는 동물들을 강제로 씻길 때나 쓰는 거예요. 다나는 딱히 물을 싫어하지 않았습니다. 섬 출신이라 그런가. 사람과 비슷하죠. 물을 아무리 싫어하는 사람이라도 목욕은 하잖아요? 다나는 대야가 필요 없어요. 그냥 호스로 씻기면 됩니다. 그런데, 고무 대야를 챙겨서……. 이상하죠. 정말 이상해요. 이제 와 생각해 보면 수상한 것투성이입니다. 분명 사람 몸이 탕 안에 빠질 때 들리는 풍덩 소리를 저는 복도에서 연속으로 두 번씩 생생히 들었으니까요. 확실해요. 샤워 칸마다 위아래가 뚫려 있어 방음이 전혀 되지 않았거든요. 둘이 물놀이라도 하는 건지 뭔지, 물방울 튀는 소리도 계속 들렸고……. 그때는 이유를 몰랐는데 이제 보니 알겠어요. 그 사육사가 다나랑 같이 목욕을 한 겁니다.

　……형사님, 그 녀석이 술자리에서 무슨 말을 했는지 아십니까? 다음 테이프에서는 고참 사육사의 목소리가 흘러나온다. 무슨 말이요? 이틀 밤을 새운 형사의 목소리 끝이 약간 갈라진다. 오래전 얘기이긴 합니다만……. 고참이 숨을 고른다. 그 녀석은 술을 잘 못해요. 소주 두 잔만 마셔도 얼굴이 붉어져서 지나치게 솔직해진단 말이죠. 그렇게 뜻하지 않게 들은 말이 몇 개 있는데요. 일단 그 녀석은 총각입니다. 아직 동정을 못 뗐어요. 그리고 어릴 때 수간하는 걸 직접 본 적이 있다고 했어요. 고향 집이 축사를 했답니다. 아버지 따라 매일 소 여물 먹이고. 소가 참 좋았대요. 친구 같았답니다. 그런데 어느 날부터 소가 한 마리씩 픽픽 쓰러지는 게 영 상태가 안 좋아 보여 걱정이 됐대요. 그래서 하룻밤 축사에서 상태를 지켜봤답니다. 옆에 침낭 덮고 누워 있다가 자기도 모르게 잠이 들었는데…… 중간에 깨서 그 장면을 본 겁니다. 평소 친하게 지내던 옆집 아저씨였대요. 이후로 녀석이 지역 신문사에 제보하겠다고 협박하고 나서야 아저씨가 접근하지 않았다고 하대요. 하여간 자기 말로는 어릴 때 그런 걸 두 눈으로 봤다는 겁니다. 은연중에 그런 게 학습되었을 수도 있다 그 말이죠. 더군다나 다나처럼 사람같이 생긴 동물이라면 밀

해 뭐 해……. 그 녀석이 그런 짓을 벌이고 다나를 어디 묻어 버린 게 틀림없습니다. 아니, 다나가 졸졸 쫓아다니는 걸 즐기는 것 같았다니까요? 자존감을 그런 데서 채우는 건가? 형사님이 꼭 물어봐 줘요. 나도 궁금하니까…….

이어지는 형사의 목소리. 당신, 아직 총각이지? 혼자 살고. 맞은편의 피의자는 대답하지 않는다. 외롭잖아. 술도 못 마시고 여자도 못 만나는 사람이 욕구 풀 데가 어딨겠어. 피의자인 막내 사육사는 노이즈와 동일한 속도로 숨을 쉬다가 대답한다. 나는 그냥 다나를 담당했을 뿐이에요. 그 정도로 쓰레기 같은 새끼가 아니란 말이에요. 그 선배는 평소에도 나를 싫어했죠. 아니, 다나가 자기 마음대로 안 되니까 괜히 나까지 뜯고 다녔죠. 그거야말로 다나를 짐승이 아니라 여자로 봤다는 거 아녜요? 자기한테 방어적인 다나를 보고 비싼 척 내빼는 여편네 보는 느낌이라느니 그런 개소리나 했다고요. 난 정말 아니에요. 결단코 다나랑 이상한 짓을 한 적이 없어요. 다 떠나서, 학대잖아요. 돈 받고 일하는 사육사가 어떻게 동물이랑 그런 짓을 해요……. 형사의 목소리가 끼어든다. 암소를 수간했다는 것도 실은 당신 아니야? 본인 경험을 일부러 다른 사람으로 바꿔서……. 형사의 말이 끝나기도 전에 사육사가 절규처럼 내지른다. 아니야! 그것도 그 인간 말이지? 소한 마리 자기 손으로 키워 보지 못한 놈이 뭘 알아. 우리 가족은 소 팔아 먹고살았지만 정작 소고기 한 점 입에 대지 않았어. 소들을 밧줄로 묶어 트럭에 실을 때 어떤 소리가 나는지, 소들이 끌려가지 않으려고 얼마나 힘을 주는지 당신은 모르지? 전부 송아지 때부터 키운 소들이야. 그런 소들에게 감히 수간을 한다고…… . 어떻게 그런 생각을 할 수 있겠어, 직접 키우지 않은 사람은 몰라. 살아 움직이는 동물을 고깃덩이로만 여기지. 수간한다면 그 늙은 선배가 더 가능성이 높겠어. 동물을 동등히 대해 본 적이 없으니까! 형사가 코웃음을 친다. 뜬금없군. 말 돌리려는 노력은 가상한데 방식이 틀렸어. 당신 가족이 소고기 안 먹는 걸 왜 여기서 말하나? 내가 하고 싶은 말은 당신이 예전부터 수간에 대해 먼저 언급함으로써 남들에게 의심받을 만한 이유를 충분히 제공했다는 거야.

형사의 다그침에 사육사가 코를 먹는다. 발소리가 몇 번 들리더니 형사가 다시 쏘아붙인다. 꽉 막힌 조사실 벽에 음성이 둔탁하게 부딪친다. 사육사에게서 울음이 새어 나온다. 그것은 가늘고 길게 이어진다. 결로처럼 두려움이 맺힌다. 사육사는 죽을 수도 있겠다는 공포에 사로잡힌 듯 한마디씩 느리게 실토한다.

다나는 사람처럼 생겼습니다. 단지 왜소하고 조금 이국적인 그런 평범한 여자 같죠…… . 내가 무슨 말을 하면 다나는 알아듣기 위해 눈을 크게 떠요. 당연히 대부분 틀리게 이해했겠지만 어떤 말은 모른다는 게 말이 안 될 정도로 확신하는 표정을 지어요. 필사적으로 고개를 끄덕여요. 자기도 나와 같은 생각을 하고 있다는 듯이. 고개를 끄덕이는 방법은 내가 알려 줬어요. 우리는 그런 식으로 대화했어요. 그러니까, 그날은…….

다나는, 내가 연못에 빠뜨려 죽였습니다.

그동안 본인 행적을 횡설수설 설명하던 그는 뭔가를 흉내 내는 듯 입으로 슝슝 휙휙 같은 의성어를 낸다. 테이프 속 음성 기록뿐이기에 정확히 무슨 상황인지는 알 수 없다. 형사가 어느 연못이냐고 묻는다. 사육사는 자기네 동네라고 했다가, 아니 옆 동네였던가? 하고 말을 바꾼다. 형사는 어이가 없어 침을 뱉듯이 웃는다. 남쪽 동네의 인공 연못이었던 것 같기도 하고……. 사육사의 말이 끝나기도 전에 의자 끌리는 소리가 나더니 너랑 농담 따 먹기 할 시간 없다는 형사의 경고가 무겁게 붙는다. 그러니까, 글쎄, 어디였더라……. 내가 다나를 연못에 빠뜨린 건 맞는데……. 사육사는 테이프가 끝날 때까지 엉뚱한 소리다. 연리재에 대해서는 절대 실토하지 않는다.

불구속 기소로 조사받던 사육사는 집으로 돌아갔다. 이틀이 지나 형사가 다시 셋방을 찾아갔을 때 사육사는 혁대로 창틀에 목을 매고 차갑게 늘어진 채 발견됐다.

다나 실종 사건이 잠잠해진 후 다나 우리에 긴팔원숭이가 들어왔다. 더운 나라에서 온 긴팔원숭이는 다나처럼 날씨에 맞춰 다른 옷을 입지도 않았고 사육사를 졸졸 쫓아다니지도 않았다. 다나 우리는 동물원의 그저 그런 풍경 중 하나가 되었다.

관람객들이 다시 그 우리로 몰린 건 긴팔원숭이가 들어오고 일주일이 조금 지났을 때였다. 뒷배나 다름없던 합천산 소나무가 하루아침에 빨갛게 말라 죽었다. 십자가에 못 박힌 고대 로마 사형수 같은 모양새였다. 당시 동물원에서 조경 기능사로 일하던 조 단장은 엔진 톱을 든 채 죽은 소나무를 창백하게 올려다보았다. 이런 형태로 고사하는 나무는 한 번도 보지 못했다. 여기저기서 아이들이 무섭다고 울었다. 맞은편 다른 나무에 앉은 긴팔원숭이가 죽은 소나무를 물끄러미 구경했다.

얼마 지나지 않아 동물원 내 다른 소나무 여러 그루가 동시에 붉게 변하더니 죽어 버렸다. 전문 연구소가 나서서 죽은 소나무들을 분석했다. 소나무등벌레 감염이라는 결과가 나왔다. 해외에서는 그즈음 막 다나와 상관관계가 보고된 병해충으로 한반도에서 발견되기는 그때가 처음이었다. 나무 곳곳에 뚫린 구멍은 침입공, 납작한 건 산란흔이었다. 수피에 소나무등벌레의 배설물이 하얗게 얽혀 있었다. 뉴스는 일제히 소나무등벌레가 국내에도 상륙했다고 보도했디. 그리고 소나무

등벌레가 다나의 몸에 기생한다는 사실도 널리 알려지기 시
작했다.

소나무등벌레병은 걸리면 무조건 죽는다고 해서 일명 소
나무 에이즈라고도 불립니다. 약이 없으므로 걸리면 반드시
베어 내야 하는데……. 뉴스는 조잡한 그래픽으로 다나가 이
병을 국내에 퍼트린 과정을 성의껏 보여 주었다. 현재 한번 자
리 잡은 소나무등벌레는 박멸할 방법이 없는 것으로 확인됩
니다. 외국에서 들어와 국내에 천적이 없고 약물을 이용한 제
거도 불가능한 소나무등벌레는 끝도 없이 번식해 이 땅의 소
나무를 전부 집어삼킬 수 있습니다…….

내가 어릴 때 연리재에서 본 하늘은 언제나 둥그런 모양이
었다. 잡목들로 에워싸인 야산, 햇빛은 오로지 다나와 내가
사는 자리에만 들었다. 나뭇가지 위에 찌르레기 한 마리가 앉
았다. 햇볕을 받아 황갈색 털이 반짝였다. 찌르레기는 작은 대
가리로 동서남북을 두루 훑어보았다. 바람이 불었다. 이파리
들 부딪치는 소리가 실로폰처럼 느리게 흩어졌다. 찌르레기가
망설이지 않고 날아올랐다. 푸른 구멍을 벗어나는 자유롭고
가벼운 날갯짓……. 나는 팔을 뻗었다. 최선을 다해 뻗은 다
섯 손가락이 찌르레기가 떠나고 없는 푸른 구멍에 갇혀 있었
다. 다나는 내 손끝을 말없이 바라보았다. 새까만 두 눈동자

에 실린 감정은 분명히 공포였다.

　나와 출근할 때 조 단장은 항상 라디오를 틀었다. 그러나 요즘은 걸핏하면 다나 이야기가 나와서 습관처럼 라디오를 틀었다가 나중에 아차 하는 식으로 안절부절못했다. 그 뭉툭한 손톱이 또 초조하게 핸들을 툭툭 두들겼다. 옆자리의 나는 라디오 부스에 있을 아나운서의 모습을 떠올렸다. 초록색 헤드폰을 쓰고 입술이 닿을 듯 말 듯 마이크에 얼굴을 가까이 대고서 탈출한 다나의 예상 이동 경로를 읊었다.
　경찰은 다나를 쫓고 있었다. 각 지자체는 헬기로 산에 약을 뿌리는 중이었다. 애초 많은 예산을 편성하지 않아 진척이 느린 모양이었다. 지역을 불문하고 소나무등벌레병 신고 전화도 늘었다. 그러나 나무가 빨갛다고 해서 전부 소나무등벌레병은 아니다. 정부의 공식 발표가 아나운서의 목소리를 타고 내가 앉은 차 안으로 전해졌다. 정부는 산림청 내 특별 방제단을 설치하고 방역에 나서기로 했습니다. 최대한 이른 시일 내 방제단을 구성하고 인력을 현장에 투입하겠다는 방침입니다…….
　며칠 전 벌목한 구역은 나무 한 그루 없이 평평했다. 오늘도 한 명당 육칠십 그루를 베어야 한다. 새벽 일찍 시작해 해지기 전에 끝나는 작업이다. 아홉 명이 멀리 떨어져 일하다가 점심을 먹기 위해 모였다. 흙 위에 아무렇게나 앉아 각자 싸 온 도시락을 펼쳤다. 나와 조 단장의 도시락은 내가 싸서 반찬이 똑같았다. 전에 내게 다나 얘기를 꺼냈던 단원이 이번에도 먼저 입을 열었다. 소나무등벌레병 특별 방제단 얘기였다.

"영림단 위주로 뽑아서 구성한답디다. 듣기로는 일당도 높게 쳐준다던데."

"돈이야 많이 주겠죠. 게다가 작업복이랑 장비도 다 지원해 준다던데요?"

"단장님은 할 겁니까?"

질문이 뜬금없이 조 단장을 향했다. 조 단장이 씹던 걸 삼키고 대답했다.

"하고 싶다고 다 시켜 줍니까? 인원이 정해져 있는데요. 그리고 여기저기서 다 하겠다고 벌떼같이 몰려들겠죠. 안 봐도 뻔해요."

"하긴, 그 말이 맞아……. 그래도 나는 찔러나 보렵니다."

나를 뺀 모두가 진지하게 특별 방제단 얘기를 나눴다. 내게 지원할 거냐고 묻는 이는 없었다. 조 단장은 다나가 단원들 입방아에 오르자 내 눈치를 살필 뿐이었다. 지금 상황에서 그런 배려는 별 소용이 없다. 나는 묵묵하게 반찬을 입에 넣고 우물거렸다. 모래가 섞였는지 무언가 어긋나는 소리와 함께 알갱이 같은 것이 씹혔다.

벌목되어 가감 없이 밑동이 드러난 나무는 치과 베드에 누운 환자와 비슷하다. 환자는 착색과 충치, 곳곳의 아말감을 의사에게 보여 줌으로써 살아온 세월을 그대로 고백한다. 그리고 그동안의 추습에 따라 합당한 미래를 부여받게 된다. 신경 치료를 받거나 발치하거나. 나무도 마찬가지다. 동심원으로 새겨진 나이테를 보면 나무가 지금껏 살아온 시간을 읽을 수 있다. 그리고 오염도나 굽은 정도에 따라 각기 다른 운명이 주어진다. 어떤 나무는 목재가 되지만 어떤 나무는 펄프 정도에 그치고 만다. 그걸 결정하는 건 나다.

오늘은 여분으로 챙겨 온 줄자까지 총 두 개를 끊어 먹었다. 벌목한 나무는 용도에 따라 다른 길이로 절단한다. 목재용이 길다. 이때 정확한 측량은 필수다. 이런 식으로 여러 번 당겨진 줄자는 쉽게 끊긴다. 설상가상 톱날이 나무에 박혀 헛돌기까지 했다. 귀찮게 되었다.

입구를 차광막으로 가린 철물점은 골목에서 가장 어두운 건물이었다. 벽에 전지가위나 자물쇠, 조명 따위가 걸렸고, 수납장의 빨간 바구니에는 못이 종류별로 담겨 있었다. 2층이었다면 공구 무게에 못 이겨 꼼짝없이 무너지고 말았을 건물이다. 들어서자마자 나는 카운터 뒤편에 걸린 박제 사슴과 눈이 마주쳤다. 그 순간 철물점과 이어진 가정집의 문이 열렸다. 밖으로 나온 현익이 우리를 보고 팔자주름이 잡히도록 웃으며 인사했다. 내가 이곳에 와서 찾는 건 항상 같았다. 톱날을 가는 데 쓸 야스리와 줄자. 현익은 단원들과 안부를 주고받았다. 오늘 손님이 얼마나 왔는지 떠들면서도 고개를 들어 전방을 기웃거렸다. 어렵지 않게 나를 찾고는 별이 씨 하고 내 이름을 부르며 인사했다. 나는 공깃돌처럼 길이 구분 없이 섞인 수동 줄자 사이에서 20미터짜리를 찾아 꺼냈다. 야스리는 카운터 앞에 있었다. 푸른 박스에 조랑말이 그려진 독일제. 내가 쓰는 60시시급 엔진 톱날을 갈기 위해서는 5.5밀리미터 굵기의 야스리를 써야 한다. 톱날은 바꾼 지 얼마 되지 않았으니 둥근 줄만 챙기면 된다. 카운터에 물건을 내려놓는 나를 보며 단원들이 대답은 해 줘도 되지 않느냐고 가볍게 타박했다. 봉지에 물건을 담는 현익은 내 침묵에 이미 익숙한 표정이었다. 처음부터 내 반응을 기대한 것은 아니지만 적당히 아쉬운 낯빛으로, 그러나 부모뻘인 중년의 단원들에게 사회성으로 무장한 목소리로 성실하게 반응했다.

현익은 나보다 한 살 어리다. 철물점은 돌아가신 아버지에게 물려받았다. 나는 이 얘기를 철물점에 들를 때마다 단원들에게 지겹도록 들었다. 아니, 추고해 보면 철물점에 들르지 않을 때도 들은 것 같다. 그들은 매번 내가 묻지 않은 현익의 이력을 줄줄 읊어 주면서 현익이 널 좋아하는 것 같은데 잘해 보라고 부추겼다. 도시라면 몰라도 시골 사람들에게 결혼하지 않은 젊은 남녀는 좌시하기 어려운 범주에 있는 듯하다. 자신을 향해 거침없이 뛰어드는 참견들 사이에서 현익은 굳이 내빼지 않았다. 나를 바라보는 시선에는 오히려 내가 어떻게 생각하는지에 대한 궁금증이 서려 있었다.

"애가 불편해하잖아."

그러나 나보다 먼저 조 단장이 치고 나왔다. 이런 순간이면 매번 나를 대변했다. 조 단장의 말에 나는 정말로 그 상황이 불편해져 뒤로 물러서게 되었다.

"별이 씨한테는 반값만 받을게요."

내가 낸 지폐의 절반을 거슬러 주며 현익이 말했다. 햇볕에 그을린 주름진 얼굴들에서 야유가 터져 나왔다. 현익을 치켜세우려는 단원들의 반응 속에서 조 단장은 홀로 무표정했다. 나는 현익이 건넨 지폐를 받지 않았다. 돈을 정확히 계산해 다시 거슬러 줄 때까지 기다렸다. 현익은 굳이 오래 버티지 않았다. 분위기가 무거워지지 않도록 적절한 순간에 어물쩍 잔돈을 다시 거슬러 주었다. 무엇에 대한 대답인지 모를 알았어요를 되풀이하면서 주위 사람들을 의식해 허탈함을 능숙하게 연기하고는 상황을 무마했다.

"나중에 다른 것도 필요하면 언제든 오세요. 내가 다 구해 줄 수 있으니까."

상대방의 기분을 해치지 않으면서 내 의사를 명료하게 표현할 수 있는 언어가 있을까? 그러나 나는 그 말을 알지 못했고 늘 익숙한 침묵을 택했다. 항상 이래 왔다. 무엇에도 흥미를 붙이지 못하는, 그저 살아 숨 쉬는 것에만 최선을 다할 뿐인 인상으로……. 어디서나 겉돌 수밖에 없는 뚱한 표정……. 나를 수식하는 건 나무 벌목이라는 생계 수단과 서른이라는 애매한 나이, 그리고 여자라는 성별이다. 하얀 피부와 주근깨 투성이인 얼굴, 150센티미터도 되지 않는 키, 누리끼리한 손발톱……. 이것만으로도 남들과 구분되는데 어눌한 발음까지 그대로 드러내면 내가 짐승의 딸이라는 사실을 증명하는 기분이다.

나는 사람들에게 그저 숫기 없이 나무 베는 여자로 각인되고 싶다. 이것이 사람 집단에 동화되기 위한 나의 최선이다.

2부

연리재에서 자라는 동안 내 주식은 산짐승이었다. 다나는 뱀이나 산토끼를 자주 잡아 왔다. 그것들을 산 채로 찢어 내장을 골라내 버렸다. 받아 놓은 빗물에 핏물을 씻었다. 그러고는 전부 내게 먹였다. 간혹 내가 그대로 뱉어 낼 때면 다나는 살을 다시 주워 내 입에 쑤셔 넣었다. 사람처럼 굴지 말라고 했다.

나무껍질을 먹는 방법도 알려 주었다. 다나는 원래 다나 섬에서 흑가시나무 껍질을 먹는 동물이라고 했다. 여기는 흑가시나무가 없으니 소태나무 껍질이 최선이었다. 지독하게 쓴 맛이었다. 나는 그걸 먹으면 게우거나 설사했다. 내게 소태나무 껍질을 능숙하게 먹는 시늉을 보이는 다니도 원진히 소화하지는 못했다. 배변이 끝난 자리에는 언제나 아주 작고 하얀 실벌레가 남았다. 그게 내 몸에 기생하는 소나무등벌레였다. 스스로 멀리 이동하지 못하는 소나무등벌레는 다나의 몸에서 빠져나오는 순간 얼마 살지 못하고 죽어 버린다. 살아남을 수 있는 곳은 다나 몸을 제외하면 오직 소나무 조직뿐이다.

먹지 못하는 나무껍질은 둥글게 말아 바가지로 썼다. 다나는 개울가에 나가 바가지로 물을 퍼 왔다. 두 다리를 가지런히 모으고 앉아 의식처럼 손에 물을 묻히고 머리카락을 조심스럽게 빗었다. 젖은 손가락은 두피를 지나 목덜미의 빼곡한 털로 향했다. 그 안으로 침입해 엉킨 선을 풀어냈다. 충적운 사이의 햇살처럼 고요하고 신통한 모습이었다. 머리를 다 빗은 다나는 나를 불러 앞에 앉혔다. 방금 한 것처럼 내 머리를 빗겨 주었다. 유독 목덜미 털에 오랫동안 머무르는 손길을 느끼며 나는 눈을 감았다. 네모나게 뚫린 여관 창구멍으로 햇빛이 들어와 벽에 걸렸다.

늦은 새벽이었다. 다나는 실오라기 하나 걸치지 않은 몸으로 작게 웅크리고 있었다. 막 잠에서 깬 나는 잠긴 목소리로 엄마를 불렀다. 그 왜소한 몸은 내 목소리를 듣지 못하고 자기 앞에 망가진 텐트를 망연자실하게 바라보았다. 등산객이 버리고 간 듯한 그 텐트는 내가 잠든 사이 다나가 주워 왔다. 한참 방치되어 숨 죽은 방수천에 낙엽이 지저분하게 들러붙어 있었다. 어떻게든 원래 목적대로 물건을 써 보려는 다나의 뒷모습을 나는 잠자코 지켜보았다. 여기저기 조물거리던 가느다란 손이 포기하듯 아래로 가라앉았다. 자기 분을 못 이기고 철사를 내던졌다. 나는 다나의 품에 풀썩 넘어지듯 안겼다. 마른 팔이 지체하지 않고 나를 감쌌다. 맞닿은 살에서 나와 똑같은 냄새가 났다. 그리고 나보다 조금 느리게 뛰는 심장 박동. 한때 나를 품었던 쪼글쪼글한 뱃가죽을 만졌다. 다나의 것을 대신 먹으며 살아온 나는 모든 신체가 짐승의 털을 뭉쳐 만든 공처럼 동그랗고 통통했다.

연리재에는 밤이 빠르게 도달했다. 얼음 결정 같은 별들이 둥근 하늘에 촘촘히 박혀 있었다. 나는 다나에게 업힌 채 밤하늘을 구경했다. 눈에 힘을 주면 망원경 없이도 별의 표정을 볼 수 있을 듯했다. 달이 뜨는 날도 있었고 그렇지 않은 날도 있었다. 다나는 다나의 언어로 노래를 불러 주었다. 사람에게는 그저 짐승의 울음소리일 노래. 다나의 왜소한 등이 요람처럼 부드럽게 움직였다. 내 엄마는 나를 사랑했다. 나도 내 엄마를 사랑했다.

텐트를 시작으로 모르는 물건들이 늘어났다. 물을 먹어 축처진 마트 행사 전단지, 붉은 수프 자국이 달라붙은 스티로폼 컵라면 용기, 잔뜩 구겨져 흙먼지 긴 담뱃갑, 푸른 쓰레기봉투, 일부러 돌을 넣어 채운 막걸리 페트병……. 모두 다나가 가져와 쌓아 둔 것들이었다. 다나는 텐트를 가져왔을 때처럼 물건을 하나하나 만져 보다 쓸모가 없으면 앞으로 걸어 나가 멀리 던져 버렸다. 물건들은 나무 위로 포물선을 그리며 시야에서 벗어났다. 나는 물건들이 떨어졌을 곳을 상상했다.

숲 너머의 세상이 궁금해졌다.

눈을 감고 평소처럼 누웠다. 옆에서 들려오는 다나의 숨소리에 집중했다. 호흡의 미세한 변화로 잠의 깊이를 알 수 있었다. 콧구멍이 공기를 요란스럽게 들이마실 때 나는 눈을 떴다. 어둠 속 다나의 얼굴을 보다가 조심스럽게 여관에서 빠져나왔다. 맨발인 데다 딛고 선 지면도 흙이라 발소리가 나지 않았다. 나는 잽싸게 뛰쳐나갔다. 저 멀리 보이지 않는 곳의 나무가 내 몸뚱이를 밧줄로 묶고 끌어당기는 것 같았다.

숲에서 뛰쳐나와 가장 먼저 마주친 건 개울이었다. 다나가 퍼 오는 양과는 비교도 안 되게 깊고 큰 물이었다. 나는 그 안에 손을 넣어 보았다. 혀끝을 갖다 댔다. 물줄기가 내 몸 속 점막을 스쳐 지나갔다. 목 근육이 땅겼다. 숙였던 고개를 들었다. 꿇었던 무릎에 모래알이 붙어 있었다. 알갱이들을 털어 내자 주인이 떠난 개미집처럼 오돌토돌 파인 살결이 느껴졌다. 나는 다시 어둠을 헤쳐 나갔다. 하늘을 올려다봤다. 하늘은 내가 평생 봐 온 둥근 모양이 아니었다. 내가 선 위치에 따라 모양이 시시각각 바뀌었고, 한편으로는 시작과 끝이 존재하지 않는 것처럼 광활했다. 바람이 불 때마다 별들이 창백하게 퍼지는 듯한 착시가 일어났다. 보라색 하늘 속 나무들은 별빛에 침식당하지 않고 실태를 지키고 서 있었다.

나무들이 홀로 걷는 나를 곁눈질하며 자기들끼리 속삭이듯 이파리를 비볐다. 중심을 잃고 아무 데나 팔을 뻗자 아주 오래전부터 그곳에 있었을 나무와 닿았다. 수분기 없이 바싹 마른 수피였다. 여섯 쌍의 삐죽삐죽한 잎이 나를 살폈다. 다시 지근거리로 나아가니 암갈색의 다른 나무와 마주쳤다. 장타원형의 잎 뒷면에 솜털이 숭숭 나 있었다. 발에 이물이 밟혔다. 주워서 확인했다. 다나가 들고 왔던 마트 행사 전단지였다. 다나는 그동안 나 몰래 여기까지 걸어온 것이다. 그러자 내가 이동한 거리가 비로소 실감 났다. 음산한 기운이 훅 끼쳐 왔다. 안개처럼 주변을 떠도는 음산함의 기원을 찾아내기 위해 나는 고개를 두리번거렸다.

멀지 않은 곳에서 거대한 소나무 한 그루가 나를 굽어보고 있었다. 그 뒤로는 소나무 군락지였다. 여기서부터는 자기들 구역이라고 길을 막아선 듯했다. 나는 들고 있던 전단지를 멀리 버렸다. 그리고 걸어온 길을 거슬러 올랐다. 어느새 주변은 환해지고 있었다. 다시 개울가였다. 어두울 때와 달리 물을 자세히 관찰할 수 있었다. 바닥에 자갈이 깔린 뿌연 흙탕물이었다. 나는 목이 말라 그 물을 마셨다. 이윽고 끊임없이 이어지는 원시림을 걸었다. 여관으로 돌아가는 길을 잃어버렸다. 방금 마주친 개울도 처음에 본 개울이 아닐지 몰랐다. 유령처럼 떠돌던 음산함이 뒤에서 나를 결박하듯 끌어안았다. 나는 어쩔 줄 몰라 그만 울음을 터뜨렸다. 다나의 언어로 엄마를 불렀다.

산은 내 울음을 외면하고 눈을 감았다. 나는 버려진 전단지와 담뱃갑, 막걸리 페트병과 다를 바가 없었다. 다리에 힘이 풀려 개울가에 쪼그려 앉았다. 무릎 사이로 고개를 파묻었다가 오래 지나지 않아 눈을 떴다. 목전은 뿌연 흙탕물이었다. 익숙한 목소리가 내게 닿았다. 나를 한참 찾아 헤맨 다나였다. 나는 목소리가 들리는 곳으로 내달려 다나를 꼭 끌어안았다. 그 까칠한 맨손이 내 뒤통수를 쓰다듬기를 기다렸다. 그러나 아무런 기척이 없었다. 눈물이 그렁한 눈으로 의아하게 위를 살폈다. 다나가 시뻘겋게 화가 오른 낯으로 나를 내려다보고 있었다.

어느새 주변은 밝은 아침이었다. 다나는 나를 데리고 여관 구역으로 돌아갔다. 걷는 내내 아무 말도 없었다. 도착하고 나서는 나를 바위에 앉혔다. 움직이지 말라고 이르기에 나는 움직이지 않았다. 다나는 나뭇가지를 꺾었다. 그리고 뒷물하는 자세로 앉아 나뭇가지 두 개를 교차해 다듬기 시작했다. 한참을 마찰시킨 끝에 나뭇가지의 귀퉁이가 뾰족하게 마모되었다. 소묘하기 전 연필 흑심 촉을 확인하는 화가처럼 다나는 나뭇가지로 만든 송곳을 살폈다. 그러고도 몇 번 다시 다듬었다. 내게로 다가왔다. 발을 내밀라고 했다. 나는 발을 내밀었다. 발가락에 힘을 줘 넓게 폈다.

엄지발톱 밑으로 뾰족한 가시가 박혀 왔다. 송곳이 발톱과 발가락 사이를 휘저었다. 작통이 복장뼈까지 뚫고 들어왔다. 나는 저절로 단말마 같은 비명을 내질렀다. 가시를 빼내기 위해 본능적으로 발작하듯 다리를 털었다. 내가 움직이지 못하도록 다나는 내 발목을 더욱 꽉 잡았다. 우지끈하며 엄지발톱이 떨어져 나갔다. 엄지는 형체를 알아보기 어려울 정도로 검붉은 피에 좀먹혀 있었다. 나는 정신이 반쯤 나가 숨을 헐떡거렸다. 다나는 내 엄지발톱 두 개를 뽑았다. 시체처럼 팔다리가 축 처진 나를 들어 가장 양지바른 자리에 눕혔다. 사육사가 오래전 버리고 간 옷으로 내 엄지발가락을 닦고 사람처럼 손부채질하며 피를 말렸다. 피가 멎자 내 종아리와 허벅지를 주물렀다. 내 이마에 맺힌 식은땀을 조심스럽게 닦았다. 덜미에 다나의 숨결이 닿았다.

다시는 나가지 마.

다나의 언어가 귓가로 스며들어 왔다. 짧게 부딪치는 입술은 너무도 다정한 평소의 내 엄마였다. 언뜻 스치는 살결에서 나와 똑같은 냄새가 났다.

다나는 잠들기 전 내게 조곤조곤한 목소리로 들려주었다. 내가 아직 겪지 못한 저편에 대하여. 나는 다나에게 안겨 그 속삭임을 들었다. 다나가 말하길 이 숲을 지나면 득시글한 사람뿐이다. 사람이라는 건 사체를 갈랐을 때 흐르는 썩은 피, 그 핏속의 장구벌레와 다를 바가 없다. 자신들이 더럽다는 걸 알면서도 욕심을 거두지 않으니 장구벌레보다 더럽다. 다나는 정면에 있는 어둠을 응시했다. 울타리처럼 이곳과 저곳의 경계가 되는 잡목들, 그 너머는 다나의 말에 따르면 짐승을 잡아먹기 위해 혈안이 된 인간들의 구역이었다. 너도 볼래? 다나가 물었다. 나는 고개를 저으며 필사적으로 다나의 목덜미에 얼굴을 묻었다. 내 뒤통수에 있다고 짐작되는 광경을 상상하는 것만으로 몸이 떨렸다. 내가 무서운 곳에 다녀왔다는 사실이 크게 실감되었다.

지금 나는 사람들을 보고 있어. 그 사람들에게서 너를 지키고 있는 거야. 다나는 사람은커녕 산짐승도 보이지 않는 곳을 보며 그렇게 읊조렸다. 그리고 내게 자신이 겪은 일들을 들려주었다. 다나섬에서 마취총을 맞아 의식이 없는 채로 함선에 실려 왔던 일. 항행에서는 아무것도 보이지 않는 상자 속에서 내내 요동치는 물살을 견디며 토를 했다. 이 나라에 와서는 동물원으로 인계되었다. 거기서 사육사가 다나에게 어떤 말을 했고, 다나도 사육사에게 어떤 말을 했다. 서로 언어가 달라 의미는 통하지 못했다. 그러나 둘은 사랑해 몸을 섞었다. 그건 주워 담을 수 없는 명백한 사실이었다. 그리고 여기. 어느 날 영문도 모르고 차에 실려 끌려와 보니 혼자만 남게 되었다.

나, 버려졌다. 내 아이와 함께.

다음 날 다나는 나를 다시 바위에 앉혔다. 허공에 물방울이 맺힌 듯 숲 구석구석이 반짝 빛났다. 뒤쪽 나무에서는 매미가 방울 소리를 내며 울었다. 다나는 내 앞에 무릎을 굽히고 앉았다. 그리고 다섯 손가락을 작위적으로 벌려 보였다. 나는 그걸 따라 손가락을 벌렸다. 뾰족한 가시가 내 엄지손톱에 닿았다. 조심스럽게 손톱 밑으로 들어온 가시가 좌우로 움직였다. 손톱이 위로 뜨면서 살과 손톱 사이에 공백이 생겼다. 나는 또 못 참고 크게 울었다. 다나는 멈추지 않았다. 여름방학을 맞아 딸의 손톱에 봉숭아 물을 들여 주는 엄마처럼 애틋하고 따스한 손길이었다. 날아가는 새를 보며 뻗었던 내 손가락에서 매일 손톱이 하나씩 떨어져 나갔다. 나는 한동안 손도 발도 쓸 수 없어 무릎과 팔꿈치를 땅에 대고 사족 보행으로 기어다녔다. 그런 나를 다나는 예뻐했다. 사랑스럽다는 듯 내 정수리에 입술을 맞췄다.

바깥은 위험해. 사람은 더러워. 우리 이곳에서 살자. 영원히 우리 둘만.

영림단 단원들은 평소 다른 직업으로 생계를 유지했다. 조 단장도 영림단 작업이 비는 날에는 자신의 조경 기능 사무소를 지켰다. 상주 인원은 조수인 나와 조 단장, 고작 두 명이었다. 사무소는 형광등을 켜 두어도 먼지 낀 것처럼 침침했다. 조 단장은 연식이 오래된 콤비형 가죽 소파에 앉아 여분의 톱날을 연마했다. 커피 테이블 위에는 오전에 먹고 미처 치우지 못한 수박 껍질이 놓여 있었다. 그 위로 날파리가 앉아 가만히 앞발을 비볐다. 그러다가 사람 움직임에 놀라 날아갔다.

뒤편 벽에는 자외선 탓에 누렇게 변색한 국가 기술 자격증 여러 개가 걸려 있었다. 그 안에 갇힌 조 단장의 얼굴은 낯선 카메라를 노려보는 구한말 사람처럼 날카로운 인상이었다. 하도 오래 봐서 이제는 문서라기보다 벽지 같았다. 그러나 액자를 떼어 내면 새하얀 사각형이 나타날 것이다. 나는 의자에서 일어났다. 수박 껍질들을 챙겨 사무실 구석 간이 부엌으로 향했다. 음식물 쓰레기봉투에 껍질들을 옮겨 담았다.

누런 자격증 위에 햇빛이 비쳤다. 무더위가 들었다가 유리문이 닫히면서 소멸했다. 덩치 큰 군수 비서가 바지 주머니에 양손을 넣고 사무소로 들어왔다. 정확하게 말하면 비서실 직원이지만, 군수가 직접 특별 채용했다는 점에서 비서만큼의 권력이 있었다. 조 단장이 소파에서 일어나 공손하게 허리를 숙였다. 비서는 40대 중반의 남자로 조 단장보다 스무 살가량 어렸다. 둘 간에 고루한 안부가 오갔다. 나는 슬쩍 벽걸이 달력의 날짜를 확인했다. 추석이 두 주쯤 남은 시점이었다. 왜 왔는지 안 들어도 알 수 있었다. 비서는 소파 가죽이 폭 꺼지도록 깊숙이 앉았다. 손수건으로 얼굴의 땀을 닦으며 오늘따라 주차할 공간이 마땅치 않았다고 푸념했다. 땀에 푹 젖은 와이셔츠 아래로 민소매 메리야스 형태가 드러났다. 낱말 하나하나 발음할 때마다 가래 낀 숨소리가 삐져나왔다. 아무래도 일요일은 좀 그렇죠. 어느새 딱딱한 철제 의자로 밀려난 조 단장이 대답했다. 사무소와 멀지 않은 곳에 교회와 성당이 나란히 있었다. 일요일 오전만 되면 예배와 미사를 보러 오는 신자들로 이 일대 공용 주차장은 만차였다. 나는 둘 사이에 커피 믹스를 내려놓고 주방으로 물러났다. 그들의 대화가 소나무 진액처럼 곳곳에 들러붙었다. 정해진 규칙대로 오가는 뻔한 말들. 그러니까 용건이 없으면 만나지 않는 관계의 대화였다. 항아리처럼 불룩 튀어나온 비서의 배가 연신 거칠게 오르내렸다.

이번 여름이 30년 만의 폭염이라는데 작업할 때 어렵진 않아요? 아유, 뭘요, 새벽에 선선할 때 나가서 점심 먹고 돌아옵니다. 이번에 명단 확인해 보니까 두 명 정도가 바뀌었던데. 하나는 병원에 입원했고, 하나는 원래 하던 농사 때문에 이번은 어려울 것 같다고 하대요. 무슨 병이요? 이석증이라던가.

운전도 못 하고 있대서. 나 진짜 깜짝 놀랐잖아, 웬 모르는 사람들 이름이 적혀 있어서. 그나저나 어떻게 저희한테 또 작업을 맡겨 주셨대요? 그건 뭐, 산림과에서 정하는 거니까. 아무래도 제일 베테랑 단장한테 맡기는 게 좋다고 생각했나 보지. 자세한 사정은 나도 몰라요. 그래요? 근데 그런 건 들었어. 다른 영림단은 절반이 외국인이래. 한다는 사람이 없으니까. 요즘 젊은 사람 누가 나무를 베요. 어쩔 수 없죠. 찝찝하긴 하지만. 그것들 다 불법체류자들일 텐데. 근데 대놓고 명단 써서 내는 거 보면 겁도 없어. 안 쫓아낼 걸 알거든. 나도 그래서 웬만하면 나이가 많아도 우리 사람들 쓰려고 합니다. 말은 통해야 하니까.

본론은 구석으로 밀어 두고 주변만 맴도는 대화였다. 오래된 선풍기 날개가 생선 가시를 닮은 잔상을 남기며 쓸쓸하게 돌아갔다. 비서가 다 식은 커피 믹스를 한 번에 털어 마시고 엉덩이를 뗐다. 이제 슬슬 갑시다. 나는 눈치껏 일체형 예초기를 챙겼다. 비서가 먼저 밖으로 나갔다. 저 멀리 구석에 차를 대고 왔다며 우리에게 먼저 가 있으라고 손짓했다. 나는 사륜구동 트럭에 준비물을 실었다. 운전석의 조 단장은 벌써 시동을 걸어 둔 채 나를 기다리고 있었다. 트럭이 덜덜거리며 주차 구역을 빠져나갔다.

군수의 선산은 시내에서 차로 이십 분 떨어진 곳에 있었다. 오르막은 축사 여러 개를 낀 오래된 길이었다. 살짝 연 창문으로 혹렬한 거름 냄새가 비집고 들어왔다. 산 중턱에서 트럭이 멈췄다. 인위적으로 깎은 지대 복판에 봉분 두 개가 둥그렇게 솟아 있었다. 마지막 벌초 이후 고작해야 계절이 두 번 바뀌었을 뿐이다. 그런데도 못자리는 벌써 잡초들의 싸움터로 변해 있었다. 트럭 짐칸에는 출발 전 내가 따로 챙긴 예초기 말고도 양봉 모자, 갈고리, 목장갑, 장화, 살충제가 항시 구비되어 있었다. 조 단장과 나는 예초기 엔진을 등에 멘 뒤 벌초할 구역을 나누었다. 조 단장이 봉분의 잡초를 깎는 동안 내가 그 주변 지대를 다듬으면 되었다. 커버를 벗기자 날카로운 원형 톱날이 드러났다. 산을 들쑤시는 기계 소리와 함께 톱날이 매섭게 돌아갔다. 사이좋게 딱 달라붙은 두 봉분은 요양 보호사의 손길을 받는 노인처럼 다소곳했다.

뒤편에서 검은 세단 한 대가 꾸역꾸역 이곳으로 비집고 들어왔다. 한숨을 몰아쉬듯 힘겹게 멈추더니 비서가 내렸다. 그는 뒷짐 지고 서서 작업 현장을 지켜보았다. 조 단장에게 뭐라고 말을 걸어 보았지만 말은 시끄러운 기계 소리에 잡초와 함께 갈려 버리고 말았다. 봉분 앞에는 검은 화강석 묘비 두 개가 세워져 있었다. 새겨진 글자는 한자라 읽을 수 없었다. 나는 한글도 남들보다 한참 늦은 나이에 겨우 뗐다. 지금 내가 확인해야 할 것은 상석 밑에 말벌집이 있는가였다. 긴드리면 벌이 튀어나오므로 고개 숙여 직접 눈으로 확인해야 했다. 모자 방충망 너머로 보이는 작은 저승. 다행히 아무것도 없었다. 어느새 깔끔하게 민낯을 드러낸 봉분 아래 죽은 잡초들이 미용실 바닥의 머리카락처럼 쌓여 있었다. 나는 갈퀴를 들고 와서 죽은 잡초들을 다 쓸어 냈다.

무덤을 한번 깎고 나면 온몸이 땀에 푹 젖는다. 꼭 오밤중에 가위에 눌려 한참 괴로워하다가 깨어난 기분이다. 무덤 주인도 결국 귀신이긴 한 모양이다. 먼저 작업을 마친 내게 비서가 생수를 건넸다. 분명 처음 샀을 때만 해도 얼음장처럼 차가웠을 텐데 지금은 표면에 물방울이 송골송골 맺힌 채 미적지근했다. 나는 생수를 마셨다. 관자놀이의 땀방울이 목덜미까지 빠르게 미끄러졌다.

이 더운 날씨에 굳이 조 단장과 동행한 건 순전히 나의 선택이다. 말을 어눌하게 하는 내가 사무소에 혼자 남아 할 수 있는 거라곤 조 단장을 막연히 기다리는 일뿐이니까. 내게 손님 응대는 지독한 고역이다. 전화를 받는 건 더 끔찍하다. 표정이나 손짓 같은 비언어적 표현도 사용할 수 없기 때문이다. 나는 욕먹으면서 수화기를 내려놓고 나중에 조 단장이 통화 기록을 돌려 다시 연락하도록 맡기는 수밖에 없다.

마무리 작업을 끝낸 조 단장이 예초기를 껐다. 소음이 썰물처럼 밀려나고, 때까치의 한가로운 지저귐이 무덤가의 공백을 채웠다. 비서가 뒷짐 진 자세로 무덤에 다가갔다. 조 단장이 벌초하면서 발견한 해충의 종류와 추석까지 풀이 자라는 정도를 설명했다. 비서는 고개를 끄덕거렸다. 손으로 무덤 표면을 쓸었다. 뭘 알고 만지는 것 같지는 않았다. 물 마시는 조 단장을 보며 비서가 특별 방제단에 신청 안 하냐고 물었다. 오늘 저녁이나 같이 먹자고 하듯 아주 가벼운 말투였다. 조 단장이 가글하듯 입안을 헹군 다음 생수 뚜껑을 닫았다.

"안 그래도 국유림 관리소에서 전화가 왔어요. 나는 딱히……."

"일단 지원은 해 봐요. 일당도 지금의 세 배는 되던데요. 남은 접수 기간도 그리 길지 않아요. 당장 일주일 뒤가 마감인데."

"나는 사무소 일도 있고, 그냥 일반 단원이라면 모를까 직함도 영림단장이고……. 그리고 그런 건 젊은 사람들이 해야죠."

"그럼 거기 조수 아가씨는? 생각 없나?"

비서의 시선이 내게로 향했다. 나는 기다렸다는 듯 머릿속에 아나운서를 불러들였다. 대본을 빠르게 확인한 아나운서가 입을 벌렸다. 즉발적으로, 그러나 정중하고 태연하게, 자신이 말을 하고 있다는 사실을 자각하지 않는 표정으로.

"그거 들어가면, 다나가 지나간 자리, 알 수 있어요?"

놀란 조 단장이 나를 불안하게 쳐다보았다. 내가 대답할 줄 몰랐을 것이다. 그 대답이 질문일 줄은 상상도 못 했을 테고. 비서도 의외라는 듯 조금 놀란 표정을 지었다.

"그렇겠죠? 다나가 지나가는 곳의 소나무들이 다 죽어 있을 테니까요."

소나무가 죽은 자리로 본다면 다나는 지금쯤 영남의 동물원에서부터 이어진 기나긴 산맥을 따라 강원도로 향하고 있다. 풀을 헤치고, 산줄기를 빼곡하게 메운 소나무들을 스쳐 지나며. 등 뒤로는 붉은 소나무 군락지. 모두 다 자기가 죽인 나무들. 다나가 굶어 죽지 않기 위해 소나무 껍질을 뜯어 먹으면 소나무가 죽는다.

소나무는 건조한 땅에서도 일단 심기만 하면 잘 자란다. 그러나 비옥한 땅에서 활엽수와 경쟁한다면 밀려나 사라진다. 잎이 넓은 활엽수에 비해 광합성이 불리해서다. 그래서 자기들끼리 모여 산다. 다른 식물이 접근하지 못하도록 새싹에게 치명적인 독성 물질을 방출한다. 아래로 햇볕이 닿지 않도록 가지를 뻗어 지붕을 만든다. 운이 없어 소나무 군락지에 떨어진 활엽수 씨앗은 겨우 싹을 틔우고도 평생 작은 키로 소나무에 막힌 하늘만 바라보다가 고사한다. 그렇게 일궈진 한결같은 푸르름을 이 나라 사람들은 사랑한다.

"너 할 거냐? 특별 방제단인지 뭔지……."

사무소로 돌아가는 트럭 안에서 조 단장이 물었다. 비서의 세단은 읍내로 이어지는 샛길로 빠져 이제 보이지 않았다. 나는 대답하려다가 입을 다물었다. 조 단장도 두 번은 묻지 않았다. 굳이 얘기를 듣지 않아도 내 의중을 알아챘을 것이다. 해가 반쯤 가라앉은 시골길은 거대한 능소화에 덮인 듯 온통 주황빛이었다.

어디인지 모를 곳에서 참매미들이 시끄럽게 울어 댔다. 공무원들이 운동장 위를 바쁘게 돌아다녔다. 운동장 가장자리를 둘러싼 붉은색 육상 트랙이 작열하는 햇빛으로 물결쳤다. 스탠드에 앉은 사람들이 우두커니 떨어져 있는 나를 한 번씩 쳐다보았다. 일부는 작게 수군거렸다. 나 빼고 전부 아저씨였다. 공무원까지 포함해도 여자는 내가 유일했다.

특별 방제단 서류 합격자는 대부분 영림단이었다. 공무원은 따로 차출되고 내국인만 접수가 가능했다. 최종 합격자 명단에 들어가려면 제한 시간 안에 운동장 다섯 바퀴를 뛰어야 했다. 장소는 전부터 철거된다고 말이 돌았던 오래된 종합 운동장이었다. 체력 테스트 날짜는 참가자가 선택할 수 있었다. 오늘 모인 참가자는 100명 정도였다.

나는 레인 안에 들어와 몸을 풀었다. 혹여 뛰다가 운동화 매듭이 풀어질까 봐 리본 모양으로 다시 한번 세게 묶었다. 낮게 숙인 허리 위로 그림자가 드리워졌다. 고개를 들어 보니 좀 선에 스탠드에서 내 옆에 서 있던 중년 남자였다.

"아가씨도 영림단이에요?"

위압감을 주지 않으려는 듯 애써 활짝 펴 보인 얼굴에 주름이 자글자글했다. 나는 리본 양쪽을 당겨 단단히 고정한 다음 몸을 일으켰다. 내 눈높이가 그의 콧등에 닿았다. 키 차이가 족히 15센티미터는 되었다. 놀라운 일은 아니었다. 나는 키가 작아 누구랑 있어도 이 정도 차이가 났다.

"네."

"힘들진 않아요?"

"네."

"대견하네. 요즘 젊은 남자들도 이런 일은 안 하는데……."

먼발치에서 검은 클립보드를 든 공무원이 인원을 점검하고 있었다. 나는 하얗게 그어진 출발선 앞에 섰다. 트랙의 중간이었다.

"이 일은 어쩌다가 하게 된 거예요? 아버지 따라다니다가 시작했나?"

아버지라……. 내 입가에 감출 수 없는 비웃음이 그려졌다. 나를 향한 것이다. 조 단장이 아버지 같은 사람은 맞지만, 한편으로 그는 아버지와 가장 거리가 먼 사람이다.

"난 영림단 한 지 20년 됐어요. 작년에 산사태 때문에 우리 집 지붕이 개박살 났는데 그거 고칠 돈이 있어야지. 나라에서 지원을 해 줘 뭘 해 줘? 내가 나무 베서 그 돈 모으자니

영. 그래서 여기 공고 뜨자마자 바로 지원했어요."

거기, 잡담 그만. 이제 곧 시작합니다. 챙이 넓은 밀짚모자로 얼굴에 그늘을 드리운 공무원이 으름장을 놨다. 남자가 밥 먹다 숟가락 뺏긴 표정으로 아쉽게 자기 출발선으로 물러섰다.

"그리고 영림단은 자기 목숨값 사비로 해결해야 하는데 이건 그렇지 않으니까. 아가씨도 그래서 지원한 거죠?"

나는 반응하지 않았다. 그저 달리기 쉽게 양 주먹을 꽉 쥐었다. 트랙에 선 모든 참가자가 본인만의 방식으로 출발 자세를 잡았다. 남자도 시선을 내게서 거뒀다. 준비 신호가 울렸다. 모두 정면을 바라보았다. 참매미가 시끄럽게 울었으나 그 소리가 이곳의 분위기까지 덮을 수는 없었다. 자기만의 사연으로 무장한, 남을 반드시 이겨야만 하는 사람들의 치열한 탐색전. 침노 전야 같은 정적……

호루라기 소리가 터져 나왔다. 참가자들이 일제히 앞으로 달려 나갔다.

"너무 힘들면 나오세요!"

내가 특별 방제단에 들어가려는 이유는 딱 하나다.

"시간 넉넉하니까 무리해서 빨리 달릴 필요 없어요!"

다나의 죗값을 대신 치르기 위해서.

소나무 에이즈로 비견되는 병해충을 유입한 내 엄마의 죄. 그렇게 이 땅의 멀쩡한 소나무를 수없이 죽인 죄. 내 존재는 평생을 다나 대신 속죄하는 데에 쓰일 때 가치가 있다. 다나는 죄가 많은 짐승이다. 게다가 다나는 업보를 짊어지지도 않는다. 업보는 사람만이 인식하고 가질 수 있는 개념. 나는 다나의 죄를 목격할 때마다 양심이 깎이는 듯한 통증을 느낀다. 나는 다나의 딸이지만 다나와 같은 짐승은 아니다.

처서도 소용 없는 기록적인 폭염이 연일 이어지는 가운데, 열을 받아 들끓는 붉은 트랙 위로 여러 사람의 족적이 보이지 않는 층을 이루며 쌓였다. 먼발치의 천막 아래 공무원은 선글라스를 낀 채로 우리가 뛰는 모습을 감시했다. 사방에서 여러 명의 운동화 밑창이 바쁘게 닿았다 떨어졌다. 그 소리는 언젠가부터 내 뒤로 밀려나더니 더위에 녹아내리듯 사라졌다.

어느새 나는 혼자 뛰고 있었다. 귓가를 기득 채운 깃은 침매미 울음소리가 아니고 내 숨소리였다. 출발할 때와 같은 자세와 속도로 흐트러지지 않고 양팔을 흔들며 원형 트랙을 돌았다. 허공을 떠돌던 습기가 정착할 곳을 찾다가 내게로 안착했다. 다리가 점점 무거워졌다. 입가에 마른침이 들러붙었다. 명치께에서 이산화탄소가 밖으로 내보내 달라고 늑골을 두들겼다. 목구멍과 콧구멍은 힘껏 열어도 산소와 이산화탄소가 번갈아 이동하기에 턱없이 좁았다. 정말로 온전히 나 혼자였다. 내 앞에는 아무도 없었다. 주변의 인기척을 확인하자니 고개를 돌리기가 힘에 부쳤다. 그래서 정해진 트랙 위를 달리기만 했다. 당장의 신체적 고통에 밀려 움츠러드는 내 안의 분노를 어떻게든 놓치지 않으려고 애쓰면서……

육상 트랙은 고대 신화 속 우로보로스를 충실히 구현한 유형물이다. 자기 꼬리를 잡아먹는 원 모양의 뱀 말이다. 출발신과 도착점은 임의로 지정한 규칙일 뿐, 근본적으로는 시작도 끝도 없는 무한한 형태다. 이 순간 나는 짐승이 아니라 사람이다. 사람들이 만들어 놓은 신화에서 벗어나지 않고, 어느 라인으로도 침범하지 않으며 규칙을 지킨다.

"어이!"

가쁘게 헉헉거리는 내 호흡 사이로 누군가의 말소리가 난입했다.

"그만 뛰어도 돼! 아가씨가 일등이야!"

타인의 눈에 비친 내 얼굴을 떠올려 보았다. 양 볼과 이마가 시뻘겋게 달아오르고 땀에 젖은 머리카락은 여기저기 흉하게 달라붙어 있을 것이다. 그래도 짐승처럼 보이진 않을 것이다. 여기선 모두가 같은 모습이니까. 동시에 발목의 힘이 풀렸다. 무릎부터 넘어진 몸이 이내 지면에 큰대자 모양으로 늘어졌다. 탄성 바닥재가 펄펄 끓었다. 가쁜 호흡이 쇳소리를 내며 다급히 밖으로 도망쳐 나왔다. 참매미 소리는 내 귓가에서 멎은 지 오래였다. 사람들이 바쁘게 내게로 다가왔다. 다나를 벌할 나의 숙명이 나를 눌러싸고 넘실거렸다.

다나는 사육사를 증오했다. 만약 사육사가 다시 연리재에 오면 오랫동안 기른 손톱으로 경동맥을 찔러 죽일 거라고 했다. 그리고 옷을 벗기고 배를 갈라 내장을 빼내 버릴 거라고 했다. 신체 부위를 먹기 좋은 크기로 잘라 물에 씻은 뒤 나와 나눠 먹을 것이다. 이틀만 지나도 구더기가 꼬일 테니 최대한 빨리 먹어 치우는 편이 좋다. 사람 냄새는 다른 동물들보다 고약하니까. 그렇게 말하는 다나를 보며 나는 앞에서 경청하는 척하고 뒤에서는 사육사가 나를 구해 주러 오기를 간절히 기도했다. 나는 기도를 배우지 않았다. 그런데도 사람처럼 기도를 했다. 그건 나의 절반이 사람이기 때문이다. 사육사의 유전자가 내게 있었다. 나는 다나와 달랐다……

사육사는 끝내 연리재로 오지 않았다. 나는 혼자 도망가기로 했다. 그날은 생각을 실행에 옮기기 적합한 날이었다. 비가 왔다. 나는 여관 안에 누운 채로 빗소리를 듣고 있었다. 지붕에 부딪힌 빗방울들이 시멘트 굴곡을 따라 선을 그리며 떨어졌다. 옆에는 다나가 내 손을 꽉 잡고 자고 있었다. 강제로 뽑힌 자리에 새로 자라난 내 손톱은 갈변한 이파리처럼 누랬다. 그 손을 놓치지 않으려는 짐승의 손이 뜨거웠다. 다나는 쓸 만한 쓰레기를 찾다가 한나절 만에 돌아왔다. 그사이 나도 도망갈까 싶었지만 다나를 마주칠까 봐 관뒀다. 그 대신 다나가 지쳐 곯아떨어지는 밤을 노렸다.

내 손에서 다나의 손가락을 아주 느리게 하나씩 떼어 냈다. 최대한 작은 동작으로 몸을 일으켰다. 발꿈치를 느리게 떼며 앞으로 걸어갔다. 문지방에 다다라 밟은 곳에 전단지 한 장이 있었다. 종이 바스러지는 소리가 울렸다. 뒤를 쳐다봤다. 피로에 찌들어 잠든 다나는 아무 소리도 듣지 못했다. 다나의 손가락은 내 손이 빠져나간 자리를 갈고리처럼 쥐고 있었다. 나는 전단지를 발바닥에서 떼었다. 조심스럽고도 빠르게 밖으로 뛰쳐나왔다. 내 머리 위로 후드득 빗줄기가 떨어졌다. 착칠한 듯 새까만 밤이었다. 오로지 소리로만 가늠할 수 있는 세상이었다. 그러나 어둠에 가려졌을 뿐 길은 여전히 내 앞에 있었다. 설령 세상이 진짜 빗물에 잠겨 없어졌더라도 보이지 않을 뿐 있다고 믿으며 발을 내디뎌야 했다.

달렸다. 오밤중의 천둥과 번개, 그리고 내 발이 진흙 더미를 철퍽철퍽 갈지자로 밟는 소리를 들으며. 번개가 다시 한번 번쩍 쳤다. 빛이 머무는 찰나의 순간 내 앞의 광경이 환하게 드러났다. 다행히 내가 지나는 이 길이 내리막이었다. 그리고 다시 어둠. 나는 빗물에 폭삭 젖은 몸을 이끌었다. 그러나 아무리 내려가도 산은 끝나지 않았다. 번개 아래 드러난 광경이 과연 진짜인지 의심이 들었다. 불쑥 뒤를 돌아보고 싶다는 충동이 일었다. 이렇게 비가 오는 밤에 혼자 있으면 다나도 많이 외롭고 무서울 텐데……. 내 엄마에겐 나뿐이고, 나도 임

마뿐이다. 그러자 앞으로 더 나아갈 수 없었다. 진흙에 묻힌 발가락을 꼼지락거렸다. 원래 자리로 돌아가지 않으면 안 된다는 죄의식이 나를 찔렀다. 그때 다시 번개가 눈앞을 비췄다.

팔 척 크기의 다나가 앞에서 나를 노려보고 있었다.

빛이 떠난 자리는 다시 암흑에 갇혔다. 진짜 다나인가? 어디서도 기척은 느껴지지 않았다. 다나가 아니다! 팔 척 크기의 나무를 내가 잘못 보았다. 전후좌우 산은 그대로 재해에 묶여 있었다. 내 상상이 빚어낸 팔 척의 다나는 나를 향한 분노로 물들어 있었다. 죽이지는 않겠지. 나를 사랑하니까. 하지만 두 눈 정도는 멀게 할 수 있었다. 그 또한 나를 사랑하니까. 나는 다시 앞으로 나아갔다. 다나에 대한 연민이 물귀신처럼 팔을 뻗어 내 발목을 붙잡을 때마다 일부러 보폭을 큼직하게 벌렸다. 어린아이가 쏜 비비탄총에 맞은 새처럼 몸이 후들거렸다.

끝없이 도망쳐 다다른 곳은 가파른 계단식 옹벽이었다. 그 아래는 풀 한 포기 없는 이상한 땅이었다. 그게 연리재를 둘둘 감싼 국도였다. 저 멀리 새벽 동이 트고 있었다. 운성처럼 대각선 형태로 빗줄기가 떨어졌다. 오고 가는 이는 한 명도 없었다. 나는 옹벽의 계단을 한 칸씩 내려갔다. 발 디딜 수 있는 층계의 면적은 고작해야 마트 행사 전단지 두 장 이어 붙인 길이 정도였고 국도와 맞닿은 옹벽의 제일 첫 번째 계단은 다나의 키보다 높았다. 나는 좁은 층계에 아슬아슬하게 두 발을 붙인 채 벌벌 떨었다.

햇빛이 넓게 가지를 뻗었다. 비는 점차 둔해지다가 이내 깔끔하게 멎었다. 도로 능선 너머에서부터 탈탈거리는 엔진음이 들려왔다. 점차 이쪽으로 가까워지던 소리는 언덕을 오른 사륜구동 트럭의 모습으로 나타났다. 다나가 말한 끔찍한 인간이었다. 트럭은 내 앞에서 속력을 줄였다. 관찰하듯 아주 느리게 내 앞을 지나갔다. 그리고 멈췄다. 얼마 지나지 않아 후진해 내 쪽으로 돌아왔다. 운전석 창문이 내려가고 시커먼 머리칼의 남자 얼굴이 드러났다. 그가 바로 조 단장이었다. 트럭의 시동이 꺼졌다. 조 단장이 밖으로 나와 내게 무슨 말을 했다. 나는 하나도 알아들을 수 없었다. 사람의 언어를 배우기 전이었다. 조 단장은 어딘가에 전화를 걸어 한참 무슨 말을 하더니 통화가 석연치 않게 끝난 듯 나를 막막하게 쳐다봤다. 그러더니 팔을 넓게 벌렸다. 자기 품에 떨어지라는 듯. 말이 통하지 않아도 그 정도 의미는 충분히 알 수 있었다. 나는 좁은 층계 끝에 아슬아슬하게 걸쳐진 내 두 발을 내려다보았다. 조 단장이 고개를 젖혀 나를 올려다보고 있었다. 망설임이 내 안에 움을 트려는 순간, 오는 길에 목격한 팔 척 다나가 눈앞에 다시 떠올랐다. 상상 속 다나는 점차 구체적인 형상으로 변하너니 이윽고 물에 젖어 갈라진 머리카락 사이로 눈동자를 헝

형하게 빛내며 나를 원망했다. 무너지듯 울었다. 절규하는 얼굴이 찰흙처럼 기이하게 뭉개졌고 또 금방 빚어졌다. 눈과 코가 엉뚱한 자리에 붙어 괴기한 모습으로 나를 저주했다. 내가 가는 곳 어디든 쫓아와 잡아갈 것이라고 읊조렸다. 말의 속도는 알아들을 수조차 없이 빨라졌다. 나는 층계에서 발을 뗐다. 두툼한 쓰레기봉투처럼 떨어져 조 단장의 품에 안겼다.

조 단장은 이틀 전 1차 벌목을 마친 구역이 폭우로 엉망이 되진 않았는지 확인하러 온 참이었다. 가던 길에 의도치 않게 나를 발견하는 바람에 작업 구역은 간단하게 둘러보는 데에서 그쳤다. 자기 집으로 돌아가는 트럭 안에서 조 단장은 내게 이름과 나이, 옹벽에 위험하게 서 있던 이유를 물었다. 돌아오는 대답이 없자 마연히 싫어증이겠거니 진자했다. 사람의 말을 모르는 애일 거라고는 생각지 못했다. 조 단장은 내 행색을 곁눈으로 살폈다. 딱 봐도 어린아이. 그러나 그 점을 감안해도 조 단장의 눈에 내 몸은 유달리 작았다. 얼굴만 보면 초등학생인데 키나 덩치는 영락없는 유치원생이었다. 먹지 못해 빼빼 마른 몸은 자기보다 한참 큰 성인용 외투를 걸치고 있었다. 그건 다나가 동물원에서 입던 옷으로 연리재에서 사는 동안 물에 적셔 빨기는커녕 먼지 한 번 제대로 턴 적 없었다. 무엇보다 내장의 찌꺼기를 그대로 전시한 듯한 쾨쾨한 썩은 내가 났다. 조 단장은 조심스럽게 창문을 열었다. 바깥 현

장음이 바람처럼 스며들어 왔다. 타이어가 도로 곳곳의 물웅
덩이를 지르밟는 소리, 그 주변으로 물방울이 튀어 올랐다가
낙하하는 소리가 내 자리로 전해졌다.

넓은 사거리로 나온 트럭은 적색 신호등 앞에서 멈췄다. 방
향 지시등을 켠 트럭에서 째깍째깍 소리가 났다. 앞 유리 너
머는 아무도 보이지 않는 허허벌판이었다. 우측 구석에는 잡
다한 물건이 가득한 가게가 등대처럼 쓸쓸하게 홀로 서 있었
다. 신호가 녹색으로 바뀌자 트럭이 가게 반대편 샛길로 들어
갔다. 낮은 언덕을 오르자 트럭이 이리저리 덜컹거렸다. 도로
가 포장되지 않아 갈라져 있었다. 도착한 곳은 푸른 슬레이트
지붕을 씌운 단층 주택 앞이었다. 맞은편은 잡초만 무성히 자
란 빈터였다. 나중에 듣기로 그 땅은 외지인이 투기 목적으로
구입한 농지였다. 처음 이 집에 도착했을 때부터 지금까지 나
는 그곳에 뭐가 심겨 자라는 걸 본 적이 없다.

시동 꺼진 트럭에서 조 단장이 먼저 내렸다. 나는 문을 어
떻게 여는지 몰라 두리번거리다 창문을 두들겼다. 밖에서 조
단장이 차 문을 열고 나를 내려 줬다. 조 단장이 사는 집은
대문이 없었다. 그 대신 오래된 경운기와 푸른 물탱크를 담장
으로 활용했다. 마당에서 개가 짖었다. 개가 몸을 움직일 때
마다 쇠사슬 목줄이 방울처럼 잘랑거렸다. 침을 길게 질질 흘
리는 누런 개 앞에서 니는 저절로 움츠러들었다. 조 단장은

쓴 소리를 내며 나를 대신해 개에게 겁을 줬다. 개는 계속 짖었다. 악에 받친 조효를 애써 외면하고 나는 조 단장을 따라 집으로 들어갔다. 처음 맡아 보는 냄새가 코를 찔렀다. 집 안 가득 조 단장의 세월과 생활이 떠다니고 있었다.

합지로 도배한 벽에는 달력과 가족사진이 불규칙하게 걸려 있었다. 액자 속 인물들의 눈이 나를 아래위로 훑어보았다. 기분 탓이 아니었다. 당시 나는 정말로 수많은 눈이 나를 따라 움직였다고 기억한다. 조 단장이 성큼성큼 앞으로 걸어가 꽉 닫힌 방문을 열었다. 밀폐된 공간에 갇혀 있던 소리가 통통 튀어나왔다. 나는 조 단장의 등 옆으로 슬며시 고개를 내밀어 보았다. 열린 문틈 사이, 액자 속의 여자아이가 있었다. 조 단장의 하나뿐인 딸 원지였다. 아이는 잠옷 차림으로 컴퓨터 게임을 하고 있었다. 액자 속 사진보다 많이 자란 모습이었다. 조 단장이 뭐라고 말하더니 나를 가리켰다. 원지가 나를 기이하게 쳐다봤다. 둘은 사람의 언어로 대화를 나눴다. 지금 들으면 이해하고도 남겠지만 그때 나는 전혀 알아들을 수 없었다. 그래도 눈치는 있어서 조 단장이 나를 데려온 이유를 설명하는데 원지가 이해하지 못한다는 걸 알 수 있었다.

조 단장이 우리 둘만 남기고 밖으로 나갔다. 원지는 퉁명하게 나를 뜯어보았다. 컴퓨터에서 플레이어를 잃은 게임 캐릭터가 멋대로 움직이다가 죽는 소리가 들렸다. 원지는 주방으로 걸어갔다. 키가 나보다 세 뼘이나 컸다. 밥솥을 열고 진열장에서 그릇을 꺼냈다. 물 묻힌 주걱으로 밥을 큼직하게 퍼 그릇에 담았다. 나를 향해 불퉁하게 사람의 언어를 내뱉었다. 내게서 돌아오는 대답이 없자 골 때린다는 듯이 헛웃음을 쳤다. 그러면서도 식탁에 반찬을 이것저것 올려 두고 내게 먹으라고 했다. 나는 연리재에서 먹던 것처럼 그릇에 그대로 코를 박았다. 원지가 기겁하며 밥그릇을 빼앗아 갔다. 숟가락을 들고 밥 먹는 시늉을 해 보였다. 나는 원지를 따라 했다. 좀 움직이려고 하면 숟가락이 손에서 벗어났다. 연달아 숟가락을 떨어뜨리자 원지는 가르치길 포기하고 내게 밥을 먹여 주었다.

밥그릇을 비우자마자 숨 돌릴 틈도 없이 목욕 시간이었다. 원지는 내 몸에서 풍기는 악취에 코와 입을 막고 헛구역질을 했다. 나는 벼락 맞은 나무처럼 볼품없는 내 나체를 가렸다. 원지는 내 옷을 쓰레기통에 버린 뒤 나를 화장실로 데려갔다. 붉은색 플라스틱 의자에 쪼그려 앉은 내 몸 위로 뜨거운 물을 끼얹었다. 내가 소스라치게 놀라자 원지가 수온을 미적지근하게 조절했다. 따뜻한 물의 느낌이 당황스러워 나는 무작정 도망치려 일어났다. 원지는 힘으로 나를 다시 앉힌 뒤 문을 잠갔다. 내 젖은 머리에 샴푸를 문지르던 원지가 문득 멈췄다. 그러더니 조심스럽게 머리카락을 들어 올려 목덜미 부근을 살폈다. 원지는 한참을 움직이지 않고 지켜보나 결심한 듯 목덜미 털 속으로 손을 집어넣었다. 그러고는 일순 비명을 내지르며 뒤로 자빠졌다. 원지를 따라 바닥을 내려다봤다. 고인 물 위에 아주 작은 흰색 벌레 사체들이 떨어져 있었다. 난 그런 게 거기 있는 줄도 몰랐다. 다나가 매일 정성스레 빗겨 줘서 깨끗할 줄 알았는데⋯⋯. 원지는 또 화를 냈다. 나를 벽에 몰아세우고 샤워기로 오랫동안 물을 뿌렸다. 내가 눈도 못 뜨고 허우적거리다가 바닥에 미끄러지고 나서야 멈췄다. 원지는 다시 내 머리에 샴푸를 했다. 비누 거품 묻은 샤워 타월이 몸을 스쳐 지나고 미지근한 물이 몇 번씩 끼얹어졌다.

목욕을 마친 뒤 원지는 내게 제 옷을 입혔다. 그리고 자기 방 거울 앞에 나를 앉히고 드라이기를 켰다. 나는 거울 속 내 모습을 바라보았다. 흰 피부 위로 주근깨가 빼곡하게 앉아 있었다. 다나 같았다. 하지만 원지와도 비슷해 보였다. 내 몸에는 사람의 피가 흘렀다. 원지가 콧노래를 부르며 내 젖은 머리를 말렸다. 손톱이 짧은 손가락으로 내 머리카락 사이를 기분 좋게 문질렀다. 원지의 컴퓨터는 어느새 새까만 화면 보호기를 띄우고 있었다.

이 가족은 조 단장과 원지가 전부였다. 엄마는 원지가 세 살 때 집을 나가 돌아오지 않았다. 누군가를 기다리는 듯 담장과 대문 없이 활짝 열려 있는 외부와 달리 내부는 전혀 다른 집이었다. 뒤죽박죽으로 벽에 걸린 수많은 액자 가운데 원지 엄마의 얼굴은 없었다. 오래전에 찍은 제주도 신혼여행 사진에는 조 단장만 혼자 쓸쓸하게 조랑말을 타고 있었다.

원지는 마룻바닥에 배를 깔고 누워 두 다리를 번갈아 흔들었다. 뭉툭한 검지가 전화번호부의 마지막 페이지를 훑었다. 동네 사람들 이름과 번호가 전부 적혀 있었다. 머리 위에서는 선풍기 날개가 힘겹게 돌아갔다. 우리 사이로 흐리게 부는 바람에서 샴푸 향이 났다. 나는 원지가 잘라 둔 수박 조각을 사람처럼 두 손으로 잡고 먹었다. 나한테 붙여 줄 만한 이름을 찾던 원지가 페이지의 특정한 곳을 가리키며 이건 어떠냐고 물었다. 글자를 배우지 못한 내 눈에 그 새까만 선들은 음식물 주변으로 모여든 알개미 집단과 다를 바 없어 보였다. 원지가 시큰둥하게 됐다는 듯 관심을 거뒀다. 다시 동네 사람들 명단을 살펴보다가 싫증 내며 책을 덮어 버렸다. 몸을 일으키고 앉아 수박을 먹으며 씨를 일일이 쟁반에 퉤퉤 뱉었다.

마당의 개는 마루로 나온 나를 보며 크게 짖다가 제풀에 지쳐 납작하게 엎드렸다. 콩자반을 그대로 붙인 듯한 검은 안구를 끔뻑거리며 수박을 먹는 우리를 부러운 눈으로 바라보았다. 나는 원지를 툭툭 쳐 개를 가리켰다. 다나의 언어로 왜 개에게는 수박을 주지 않느냐고 물었다. 눈치로 내 말을 이해한 원지가 먹다 남은 수박 껍질을 개에게 던졌다. 껍질이 그 앞에 떨어졌다. 개가 쇠목줄을 질질 끌며 나와 허섭시섭 섭실을 씹어 먹었다.

그해 세 살이었던 그 개의 이름은 달이였다. 이웃집에서 태어난 네 남매 중 셋째로 여느 시골 개처럼 어미만 확실하고 아비는 불확실했다. 남매 이름은 각각 금이, 은이, 공이였다. 이 중 금이만 원래 살던 집에 남고 은이와 달이, 공이는 다른 집으로 입양되었다. 공이는 죽었다. 주인의 막내아들을 물어뜯은 게 이유였다. 주인이 불에 뜨겁게 달군 쇠꼬챙이로 지졌다. 사체는 어떻게 되었는지 그 집 말고 아무도 몰랐다. 주인은 어디 먼 산에 묻어 뒀다고 떠들었지만 동네 사람들은 개를 끓여 먹었다고 믿었다. 공이를 불쌍해하는 이는 아무도 없었다. 다만 미친개를 먹었으니 그 집 식구들도 조만간 미칠 거라고 했다. 그들은 1년 정도 지나 다른 고장으로 이사를 갔다. 정말로 미쳤는지는 알려지지 않았다.

며칠 뒤 원지는 내 이름을 별이라고 지어 주었다. 그때 나는 막 글자를 배우고 있었다. 원지가 빈 종이에 내 이름 '별이' 두 글자를 또박또박 적어 주었다. '별'은 여러 직선이 서로에게 대들보가 되어 주는 아주 복잡한 형태인데 '이'는 단순한 기호 같았다. 그때부터 나는 별이가 되었다. 조 단장도 이름이 예쁘다고 했다.

원지는 내 하얀 피부를 부러워했다. 우리는 곧잘 거울 앞에 나란히 서서 서로의 얼굴을 바라보았다. 자신의 까만 피부

를 보며 원지는 조 단장을 원망했다. 그 애가 조 단장으로부
터 물려받은 건 피부만이 아니었다. 그중에서도 나는 그 못나
고 뭉툭한 손을 부러워했다. 이후로 두 사람의 공통점을 찾
는 건 아무도 모르는 나만의 습관이 되었다. 원지가 조 단장
의 딸이고 조 단장이 원지의 아빠라는 게 눈으로 보일 때면
거친 질투를 느꼈다. 내 엄마가 다나가 아니기를 바랐다. 나도
조 단장의 딸이고 싶었다. 사람이 되고 싶었다.

사람. 다나가 사람과 다른 부분이라며 귀하게 만지던 목덜
미의 털. 나는 어른이 되고부터 2주에 한 번씩 목덜미 털을
깎았다. 머리를 높이 질끈 묶고 거울로 정확한 위치를 확인하
며 목덜미에 면도 크림을 발랐다. 설명서에 기재된 대로 정확
히 일 분 기다려 크림을 닦아 냈다. 화장실 수챗구멍에 얽힌
짧은 털들이 나를 노려보았다. 나는 목덜미를 쓸었다. 촘촘히
박힌 0.1밀리미터의 털들이 손끝을 따갑게 찔렀다.

내가 연리재에서 내려온 지 한 달쯤 되었을 때 조 단장은
나를 데리고 경찰서에 갔다. 경찰은 실종 아동 신고 목록을
뒤졌다. 나와 지문이 겹치는 아동은 없었다. 오랜 조사 끝에
나는 고아로 결론 내려졌다. 조 단장은 면사무소와 지방법원
을 다니며 나를 이 나라에 등록시켰다. 내 성은 면장이 멋대
로 붙였다. 조씨가 되지는 못했다. 조 단장이 나를 입양하시

않았기 때문이다.

　장마가 끝났다. 하늘이 깨끗해졌다. 나는 사람처럼 화장실을 가고 머리를 빗을 줄 알게 되었다. 어느 날 아침 조 단장은 나와 원지를 트럭 조수석에 앉히고 어디론가 향했다. 가운데에 앉은 원지가 신이 나서 노래를 불렀다. 나는 며칠 전 원지에게 배운 대로 손뼉을 쳤다. 트럭이 멈춘 곳은 경양식 돈가스 식당이었다. 식전에 나온 옥수수수프를 비우자 튀김옷이 눅눅해지도록 소스를 들이부은 돈가스가 나왔다. 원지는 아껴 뒀던 수프에 밥을 말아 먹었다. 그리고 나를 비웃으며 핀잔을 줬다. 나는 바보라는 단어를 알아듣고 다나의 언어로 환호했다. 이민국의 언어를 막 배우기 시작한 이방인처럼 그때 나는 사람이 하는 말 중 뭐 하나라도 알아들으면 감출 수 없이 기뻤다. 고고하게 칼질하는 원지 앞에서 나는 두꺼운 돈가스 한가운데를 포크로 찍어 들고 통째로 뜯어 먹었다. 조 단장은 자기 몫의 돈가스에는 손도 대지 않고 우리가 먹는 모습을 말없이 지켜보았다. 먹지 않은 돈가스는 나에게 주었다. 옆에서 원지가 뭐라고 따졌지만 조 단장은 대꾸하지 않았다.

　다음은 문구점이었다. 어두침침한 실내에 학용품 세트가 먼지 쌓인 채로 잠들어 있었다. 조 단장은 아무거나 고르라는 듯이 손으로 그것들을 가리켰다. 옆에서 원지가 조 단장의 손을 잡아끌며 징징거렸다. 주인이 브라운관 볼륨을 줄이고 우리 쪽을 구경했다. 나는 한참 고민하다가 5색 볼펜을 골랐다. 조 단장이 5색 볼펜을 바구니에 넣었다. 그리고 아크릴 물감 세트와 예쁜 캐릭터가 그려진 스케치북과 꽃무늬 똑딱이 동전 지갑을 차례로 넣었다. 전부 내 거였다. 원지가 얼굴을 붉히며 화를 냈다. 바구니를 빼앗기 위해 안간힘을 썼다. 주 단장의 힘에 밀려 소용이 없게 되자 나를 향해 욕을 뱉었다. 조 단장이 원지의 귀를 세게 쥐어 비틀었다가 놓았다. 원지는 바닥에 주저앉아 울었다. 주인이 놀라 걱정했다. 조 단장은 원지 쪽으로는 눈길도 주지 않고 바구니의 물건을 전부 계산했다. 물건들은 시장통에서 산 생선처럼 검은 봉지에 담겨 가뿐하게 내 품에 안겼다. 트럭을 타고 다음 장소로 가는 동안 원지는 훌쩍거리며 나와 조 단장을 번갈아 힐뜯었다. 이번엔 알아듣는 말이 있어도 대놓고 좋아할 수 없었다. 조 단장은 그저 묵묵부답이었다.

다음 목적지까지는 좀 멀었다. 울타리가 쳐진 단독주택 앞에서 트럭이 멈췄다. 황량한 좁은 마당에 그네와 미끄럼틀이 있었다. 조 단장은 시동을 끄지 않고 한참 자리를 지켰다. 머리를 부여잡고 한숨을 연신 내쉬더니 뭔가 다짐한 듯 나를 트럭에서 끌어냈다. 원지는 안에 가만히 앉아 내가 끌려가는 모습을 바라보았다. 주택의 문이 열렸다. 피곤한 표정의 여자가 나와 조 단장에게 인사했다. 둘의 짧은 내화가 끝나고 나는 조 단장의 손에 떠밀려 주택 안으로 들어섰다. 여자에게 손을 잡힌 채 들어가면서 몇 번씩 뒤를 돌아보았다. 열린 문틈으로 트럭이 한적한 도로를 따라 사라지는 모습을 보았다.

시설의 아이들은 얼굴도 나이도 출신지도 달랐지만 놀라울 만큼 닮았다. 같은 유형끼리 모여 군락지를 이루는 건 나무만이 아니라 사람도 마찬가지였다. 그곳에서는 사람의 언어를 알아듣지 못해도 상관없었다. 사람으로 태어났지만 사람의 언어에 서툰 아이가 많았기 때문이다. 우리는 매일 정해진 시간마다 똑같은 식판에 밥을 받아먹었다. 아이는 많은데 화장실은 두 개뿐이라 오줌을 한번 누려 해도 늘 줄을 서서 내 차례를 한참 기다려야 했다. 어렵게 들어간 화장실에는 아이들이 눈 대소변이 널려 있었다. 악취는 벌집 같았다. 한번 잘못 건드리면 끝까지 쫓아오는 벌 떼처럼 내 몸에 들러붙는다. 경험하기도 전에 본능처럼 알 수 있었다. 나는 그 광경이 어쩔 땐 더럽고 어쩔 땐 아무렇지도 않게 느껴졌다. 그러다 온전히 더럽게만 느껴지던 날 나는 화장실 앞 문지방에 선 채로 떨었다. 나는 버려진 것이다. 다나가 연리재에서 들려주었던 처절한 경험을 나도 똑같이 겪게 되었다. 버려진다는 건 이런 것이었다. 사람의 규칙 바깥에 내던져지는 것. 사람의 규칙을 알고도 그와 무관한 삶을 살도록 강요받는 것. 버려졌다는 것보다 다나의 마음을 내가 이해하게 되었다는 사실이 더 끔찍었다.

별이야, 밖으로 나와 볼래?

당시에는 별이야, 밖, 볼래? 정도로 들렸다. 나는 그때 시설의 아이들과 도미노 패를 하나씩 세우고 있었다. 선이 삐뚤빼뚤한 탓에 도미노는 중간도 못 가서 멈추고 말 게 뻔해 보였다. 나는 원장을 따라 현관으로 나섰다. 가장 먼서 보이는 건 전과 다를 바 없는 얼굴의 조 단장……. 그리고 그 앞에 서 있던 원지가 내 이름을 부르며 달려와 나를 와락 껴안고 엉엉 울었다. 고장 난 태엽 인형처럼 미안하다는 말을 되풀이했다. 나는 원지를 똑같이 안아 주었다.

집으로 돌아가는 트럭 안에서 원지가 내 뺨을 연신 쓸며 말했다.

오늘부터 네가 내 동생이야. 언니가 정말 잘해 줄게. 알겠지?

그러나 원지는 기분이 좋을 때만 잘해 주었다. 그 아이의 기분은 주로 그날 학교에서 무슨 일이 있었는지에 따라 정해졌다. 나는 학교에 다니지 않아 매일 집에 있었다. 집에 돌아온 원지는 나를 거울 앞에 앉혀 두고 미용실 놀이를 했다. 내가 늘 손님이었다. 미용사인 원지가 내 머리카락을 양 갈래로 땋으며 반 아이들 욕을 했다. 나는 그때까지도 사람의 언어를 제대로 알아듣지 못했다. 내가 엉뚱한 대답을 내놓으면 돌연 머리가 그대로 세게 당겨졌나. 고개가 뒤로 젖혀지면 나를 한층 낮춰 보는 원지의 시선과 마주쳤다. 사뭇 건조해 보이는 시선 속, 작은 불처럼 선명하게 타오르는 경멸……. 그러나 맨정신에 손발톱이 뽑혔던 내게 머리채가 당겨지는 일쯤은 지나치게 사소했다. 그래서 원지가 뺨을 때려도, 얼굴에 침을 뱉어도 나는 그저 가만히 있었다. 그러다 보니 정말 아무렇지 않은 일처럼 느껴졌다. 원지도 그 이상으로 나를 괴롭히지는 않았다. 잘해 줄 때는 잘해 줬다. 착한 아이였다.

시설에서 나와 조 단장의 집으로 돌아온 지 두 달가량 지나 조 단장과 원지와 내가 저녁밥을 먹고 있을 때였다. 볼륨을 작게 설정해 놓은 텔레비전에서 저녁 뉴스가 시냇물처럼 졸졸 흘러나왔다. 그러다 '다나'라는 단어가 바위처럼 무겁게 떨어졌다. 조 단장이 숟가락질을 멈추고 텔레비전을 악시했다. 나는 국물을 더럽게 여기저기 흘려 원지에게 또 뺨을 꼬집히고 있었다. 조 단장이 작게 읊조렸다. 큰일이야……. 무거운 바위를 짊어진 사람처럼 조 단장은 심각했다. 나는 그의 시선을 좇아 텔레비전을 바라보았다. 그곳엔 목덜미에 마취총을 맞고 힘없이 늘어진 다나가 있었다. 나체였다. 들것에 실려 밧줄로 온몸이 꽁꽁 묶이는 텔레비전 속 다나를 나와 조 단장은 침묵으로 좇았다. 밥상에서는 원지의 쩝쩝거리는 소리만 맴돌았다.

뉴스는 12년 전 경기도의 한 동물원에서 실종되었던 다나가 강원도 어느 등산로에서 산 채로 발견되었다고 전했다. 그

제야 나는 진짜 내 나이를 알았다. 원지와 동갑이었다. 다나가 발견된 곳은 연리재에서 50킬로미터 떨어진 지역의 산이었다. 기자는 다나가 일직선으로 걸은 게 아니라 거친 능선을 오르내리며 숲 여기저기를 싸돌아다녔을 것이라고 했다. 꼭 무언가를 찾아 수색하는 것처럼. 그 대상이 잃어버린 새끼일지도 모른다. 다나는 임신한 몸으로 사라졌으니까. 이어 다나의 새끼를 둘러싼 논란이 송출됐다. 피의자인 사육사는 수사 중에 자살했다. 그가 나를 구해 주기를 기도했을 때 그는 이미 이 세상 사람이 아니었다.

다나는 경북에 위치한 동물원으로 이송된다. 그리고 다나의 이동 경로를 따라 소나무들을 전수조사할 필요성이 제기된다. 아나운서에 비하면 씹히는 발음의 기자가 그렇게 전했다. 전수조사는 무슨. 모조리 다 베어 내야 할 거야. 조 단장이 심란하게 혼잣말했다.

얼마 지나지 않아 정부는 정말로 다나의 이동 경로를 추적해 소나무를 베기로 결정했다. 소나무등벌레병에 걸렸는지 안 걸렸는지는 중요하지 않았다. 다나가 숨어 지낸 12년 동안 그 병이 이 땅에 얼마나 퍼졌을지 예측조차 쉽지 않았다. 이동 경로를 중심으로 주변을 샅샅이 탐색해야 했다. 일일이 베기 어려운 구역은 불을 지르는 방법까지 거론되었다. 다나는 사람들이 한동안 잊었던 공포를 다시 불러일으켰다.

다나에 대한 뉴스가 연일 이어지던 어느 날 밤 나는 잠든 척 감았던 눈을 떴다. 침대에는 원지가 누워 있었다. 장판 바닥에 닿은 원지의 오른쪽 다리를 다시 침대 위로 올려 주었다. 나는 바닥 위 요를 밟으며 천천히 걸었다. 방문을 살짝 열었다. 빛이 희미해진 형광등 아래 조 단장이 팔에 의료용 테이프를 붙이고 있었다. 나갈 채비를 하는 것이었다. 그 시기 그는 매일 새벽에 나가 다나의 이동 경로를 따라 소나무를 베고 돌아왔다. 거실로 나온 나를 발견한 조 단장이 시계로 시선을 돌렸다. 새벽 3시였다. 왜 벌써 일어났느냐고 물었다. 나는 원지가 깨지 않게 문을 닫은 뒤 조 단장에게 다가갔다. 팔의 흉터는 나무 송곳에 긁혀 생겼다. 톱날에 다친 게 아니라 다행이었다. 나는 얼기설기 붙은 테이프를 떼어 내고 찢어진 살이 봉합되도록 양쪽 피부를 최대한 당겨 모은 다음 새 테이프를 붙여 주었다. 주방 수도꼭지에서 물방울이 일정한 간격으로 뚝뚝 떨어지는 소리가 들렸다. 그 파동이 희뿌연 불빛을 지나 좁은 거실을 채웠다. 조 단장이 이제 됐다며 홀연 팔을 내뺐다. 나는 제대로 마무리되지 않은 테이프를 내밀었다가 거뒀다. 그저 잘해 주고 싶었다. 그는 내 기도를 가엾이 여긴 죽은 사육사가 자기 대신 내려 준 가족이니까. 조 단장은 내게 그만 자라고 했다. 짐 가방을 챙기고 현관에 주저앉았다. 신발 끈을 묶는 등이 그날 새벽 오래도록 내 시야에 잔상으로 남았다.

소나무 벌목 사업의 끝은 초겨울과 함께 찾아왔다. 내가 연리재를 떠난 지도 어느새 넉 달이 지나 있었다. 사람의 언어로 간단한 소통이 가능해진 나는 조 단장에게 내가 다나의 딸이라고 고백했다. 원지도 그 자리에 함께 있었다. 조 단장은 크게 놀랐다. 나는 내가 외운 모든 표현을 동원해 내 기억 속 다나에 관해 더듬더듬 설명했다. 오랫동안 감춰져 있던 다나의 형상이 처음으로 드러나는 순간이었다.

이후 나는 내 어린 시절을 천천히 시간을 들여 여러 조각으로 해부했다. 나를 누구보다 사랑하고, 그러면서 옭아맸던 다나는 점점 더 구체적으로 묘사되었다. 내가 깨우치는 사람의 언어가 갈수록 늘어나니 당연했다. 그렇게 내가 일일이 도려내 전시한 다나의 죄들을 조 단장은 전부 감상해 주었다. 어떤 죄에 대해서는 나보다 더 크게 분노했고 또 자기 일처럼 눈물을 훔치기도 했다. 다나의 죄를 완벽한 문장으로 표현하게 되었을 때 나는 스무 살이었다. 사람의 언어를 이해하는 데에 전혀 문제가 없었다. 단지 발음이 어눌하고 말하는 속도가 느릴 뿐이었다. 그건 어쩔 수 없는 영역이었다.

내가 스무 살이 되었을 때 조 단장은 내게 자신이 겪은 일을 하나 들려주었다. 오래전 동물원에서 조경 기능사로 일하던 시절 그는 그곳에서 빨갛게 죽은 합천산 소나무와 마주했다. 다나가 사라진 후에도 우리를 뒷배처럼 지키던 존재였다. 시골 마을 곳곳을 돌아다니며 날고 긴다 하는 수호목을 여러 그루 보았지만 그토록 뼈대가 웅장한 나무는 절대 흔치 않았다. 그렇게 보기 드문 나무가 동물원으로 끌려와 조경수로 쓰이다 하루아침에 끔찍한 모습으로 살해당했다. 이런 경우는 처음이었다. 나무가 죽는 건 숱하게 봐 왔지만 그 기이한 모습만은 잊히지 않았다. 이후 그 나무를 죽인 배후가 소나무등벌레라는 외래 병해충이며 그 원인이 실종된 다나라는 사실을 알게 되었을 때 일종의 위기감을 느꼈다. 그 감정은 비문증처럼 오랫동안 그를 따라다녔다. 고향으로 내려와 국유림 영림단을 하게 된 것도 그 이유에서였다. 원지를 혼자 키우며 돈 들어가는 데가 많아 조경 기능사 사무소를 다시 차리기는 했지만, 수주하는 영림단 사업량이 늘어나면서 사무소도 그냥 구색 갖추기 용도가 되었다.

조 단장의 일은 산을 지키는 것이다. 늙거나 병든 나무를 베어 내고 어린나무를 새로 심는다. 다나는 적이다. 조 단장과 나는 공통의 적을 두고 있다. 나는 내 엄마를 증오한다. 그 적개심의 크기는 내가 한때 품었던 사랑의 크기와 같다. 내 엄마는 짐승이다. 그러나 나는 조 단장 아래에서 사람으로 키워졌다. 내가 발화하는 사람의 언어를 엄마는 결코 알아듣지 못할 것이다. 귀나 기울여 줄까? 어떤 딸은 엄마에 대한 분노를 먹으며 자란다. 나는 엄마와 다르다는 믿음이 비로소 나를 자유롭게 한다.

원지가 도시의 대학을 다니게 되면서 집에는 나와 조 단장 둘만 남았다. 영림단원들은 조 단장의 뒤를 졸졸 쫓아다니는 내게 관심을 보였다. 나는 조 단장을 따라 이 산 저 산 다니며 엔진 톱 사용법을 배웠다. 작은 키에 희멀건 나를 보며 단원들이 조카냐고 물었다. 딸이냐고 하는 사람은 없었다. 원지만이 확실한 외동딸이었다. 개중에는 애인이냐고 묻는 사람도 있었다. 조 단장은 화를 냈다. 나는 우물쭈물 조수라고 대답했다. 그러면 단원들이 영 만족하지 못한 표정을 하고 제자리로 돌아가고는 했다.

딸이라고 말하고 싶었다. 그러나 조 단장과 종일 붙어 있다고 해서 그의 딸이 될 수는 없었다.

"네가 해 볼래?"

요란하게 돌아가던 엔진 톱이 멈췄다. 기름 냄새가 내 콧구멍 속으로 찐득하게 달라붙었다. 오늘 작업이 끝나고 다른 단원이 모두 떠난 숲이었다. 조 단장이 남아 내게 엔진 톱 강습을 하고 있었다. 톱날 끝은 잉여 가지에 닿아 있었다. 오래된 낙엽송이었기에 별로 두껍지 않은 편이었다. 나는 조심스럽게 톱을 건네받았다. 손잡이를 늘자마자 누가 밑에서 잡아당기

듯이 어깨가 쑥 내려갔다. 전에도 몇 번 들어 보았지만 끔찍할 정도의 무게였다. 나는 가지에 톱날을 갖다 댔다. 가까이에서 본 나무는 병에 걸린 피부처럼 군데군데 수피가 벗겨져 있었다.

"브레이크 풀렸는지 확인. 스위치 온 위치로 옮겨 놓고, 그 다음은……."

조 단장의 말이 끝나기도 전에 내가 초크를 당기는 바람에 엔진 톱이 달달거렸다. 나는 여기서부터 뭘 어떻게 해야 할지 모르겠다는 표정으로 조 단장을 바라보았다. 조 단장은 짧게 웃었다. 손잡이를 잡아당기라고 했다. 나는 옆에서 부추기는 목소리에 떠밀리듯 손잡이를 당겼다. 가속이 붙었다. 엔진 톱의 진동을 최소화하기 위해 손에 힘을 꽉 준 다음 나뭇가지를 천천히 잘라 냈다. 가지가 댕강 부러지면서 동시에 톱날도 그 밑의 작은 돌멩이에 닿았다. 돌멩이가 잘게 갈라지며 파편이 비비탄처럼 튀어 올랐다. 나는 황급히 시동을 껐다. 눈가가 찢어져 축축했다. 손바닥을 펼쳐 보았다. 손금 위로 핏방울이 뚝뚝 떨어졌다. 조 단장이 작업하면서 썼던 손수건을 내 눈에 갖다 댔다. 조 단장이 흘린 땀 냄새가 느껴졌다.

집으로 돌아온 조 단장은 손상된 톱날을 연마했다. 나는 왼쪽 눈가에 하얀 거즈를 붙이고 마루에 앉아 있었다. 동네 의원에서 응급처치받은 것이었다. 둥근 줄이 톱날 위를 바쁘게 왔다 갔다 했다. 조 단장은 톱질할 때 주의할 점을 일일이 설명했다. 내가 물가에 내놓은 아이같이 느껴져 영 못 미덥다는 걱정도. 다시는 엔진 톱의 진동에 겁내지 않고 주변 땅도 잘 살피겠다고 내가 약속한 뒤에야 그는 고개를 끄덕였다. 그러니 만약 내가 아닌 원지였다면 그 어떤 약속을 했더라도 나무 베는 일만큼은 결사반대했을 것이다.

내 몸에는 소나무등벌레가 없다. 다나와 살던 시절엔 나도 기생충 낀 변을 누었으나 조 단장의 집에서 사람 음식을 먹고 사람 약을 먹는 동안 자연스레 사라졌다. 나는 비누 거품 내는 방법을 터득한 이후로 원지보다 더 열심히 몸을 씻었다. 분하거나 억울한 상황에서도 먼저 나서서 입을 열지 않았다. 도구를 쓰고 사람들 사이에 끼어들기 위해 부단히 노력했다. 사람의 방식으로 옷을 입고, 밥을 먹고, 두 손을 배꼽에 붙여 허리 숙이며 인사하고, 이들의 모든 관습을 따랐다. 영림단에 들어가 헤아릴 수 없이 많은 소나무를 내 손으로 만졌다. 내가 만진 소나무 어느 한 그루도 소나무등벌레에 잠식당해 죽지 않았다.

소나무등벌레병 특별 방제단에 최종 합격했다.
영림단끼리 회식을 했다. 고기가 구워지는 무쇠 불판 위로 사람들의 술잔이 붙었다. 현익도 있었다. 단원은 아니지만 병소 물건을 싸게 판 공로로 초대받았다. 조 단장은 현익의 초대를 반대한 유일한 사람이었다. 일전에 특별 방제단 시험을 본다고 했던 다른 단원은 결국 떨어졌다. 그는 내게 축하 인사를 전했다. 현익이 끼어들어 특별 방제단이 뭐냐고 물었다. 누군가 들뜬 목소리로 나서며 방제단에 대해 설명했다.

고깃집 밖에서 보는 시골 풍경은 언제나 같은 모습이었다. 매번 똑같은 문장으로 시작해 똑같은 문장으로 끝나는 어린아이의 방학 일기처럼 이 동네 생활상은 변화랄지 발전이 없었다. 등 뒤로 아저씨들이 술 마시며 깔깔거리는 소리가 들렸다. 나는 쪼그리고 앉아 주머니에서 담배와 라이터를 꺼냈다. 성인 가요방 전화번호가 붙은 싸구려 라이터였다. 조 단장이 받아 온 것이었다. 불씨 붙은 담배 끝이 녹듯이 소멸하는 모양을 지켜보며 연초를 깊게 빨았다. 문 열리는 소리에 뒤를 돌아봤다. 현익이었다.

"피곤하시죠."

"……"

"태워 줄까요?"

현익은 알딸딸하게 술이 오르고도 운전대를 잡는 것에 망설임이 없어 보였다. 시골은 늦은 시간까지 음주 단속 경찰을 배치해 둘 만큼 공공 인력이 넉넉하지 않기도 했다. 나는 대답 없이 담배 연기를 들이쉬고 뱉었다. 연초가 앙상하게 소실

되어 고꾸라졌다. 현익은 내가 담배를 땅바닥에 짓이기고 몸을 일으킬 때까지 참을성 있게 기다렸다.

"저는 걸어가요. 여기서 멀지 않아요."

나는 그렇게 말하면서 조 단장에게도 그렇게 전해 달라고 부탁했다. 고깃집에서 멀어질수록 정적이었다. 너무 주용한 탓에 발소리와 숨소리가 울리는 것 같았다. 변태처럼 이어폰을 꽂고 남의 소리를 밀청하는 기분이었다. 가로등이 없어 어두컴컴한 길이지만 위험하지는 않았다. 이런 시골 마을은 지리를 외워야 길을 찾을 수 있다. 그런 점에서 밤도 낮처럼 환해 누구나 쉽게 오갈 수 있는 도시보다 안전한지도 몰랐다.

고깃집 안의 열기 때문에 송골송골 맺혀 있던 이마의 땀 위로 미적지근한 공기가 슬쩍 지나갔다. 벌써 여름 끄트머리였다. 이 동네를 둘러싼 산에서 나무 흔들리는 소리가 났다. 여러 능선이 길게 이어진 산은 한 붓에 그린 수묵화 같았다. 그 소나무 군락지 가운데로 외래종 하나가 침입해 제멋대로 들쑤시고 있었다.

다나가 이동하고 있다. 나를 찾아서.

이 땅의 소나무는 전멸할 것이다.

3부

1) 소나무등벌레병(燈蟲病)이란?

소나무등벌레병은 다나섬 원산의 외래 병이다. 한번 감염된 나무는 100% 고사한다 하여 일명 '소나무 에이즈'라고도 불린다. 기주수목—매개체—병원체라는 상호 관계를 통해 감염이 이뤄진다. 주요 피해 수종은 소나무, 곰솔, 잣나무, 섬잣나무 등 소나무류다. 발병 시기는 4월 초순부터 9월까지며 아직 밝혀진 치료법은 없다.

2) 병징 및 표징

감염 개체마다 차이가 있지만 잠복기는 약 2개월이다. 잠복기가 길고, 잠복기에도 기체 간 기리기 가까우면 전엄이 가능해 여러 개체가 죽은 뒤에 감염 사실을 알게 되는 경우가 많다. 감염 시점과 증상 진단 사이 간극이 클수록 원인 규명이 어려워진다. 소나무등벌레병은 나무의 체관을 위축시켜 수분과 양분의 이동을 막는다. 이후 뿌리가 상하며 나뭇가지와 잎이 붉게 갈변하기 시작해 급속히 말라 죽는다. 기온이 높으면 병원체의 번식이 왕성해져 감염목의 고사 속도도 더 빨라진다.

3) 병원체

소나무등벌레는 다나의 몸에 기생하는 것으로 알려진 길이 0.6~1mm의 선충이다. 유충기와 탈피를 각각 4회 거쳐 암수 성충으로 성장한다. 몸통은 하얀색 장타원형이며 1세대 기간은 약 5일이다. 암수 한 쌍은 잠복기 동안 평균 60만 마리로 증식한다.

선충은 매개체인 다나가 나무껍질을 먹을 때 타액을 통해 나무 조직 내부로 침입한다. 이때 조직 내 곰팡이를 먹으며 암컷 한 마리당 100개의 알을 산란한다. 이 과정에서 나무의 세포가 파괴된다.

다나의 원산지인 다나섬은 소나무를 비롯한 침엽수가 한 그루도 자라지 않는 지역이다. 소나무등벌레가 왜 그곳에서 다나에게 기생했는지는 아직 밝혀지지 않았다. 다나가 소나무

껍질을 먹지 않으면 소나무등벌레도 밖으로 나오지 않는다.

4) 피해 양상

과거 국내 전체 산림 면적의 60%를 차지했던 소나무는 소나무등벌레가 유입된 1990년대부터 크게 감소하기 시작해 2010년대 25%로 줄었다. 가장 피해가 심각한 지역은 제주도로 지난 10년간 255만 그루의 소나무가 벌목됐으며 송이 최대 재배지인 경북 영덕 일대 역시 소나무등벌레병 감염목이 확인돼 산림청이 지정한 소나무류 반출 금지 지역으로 관리되고 있다.

소나무등벌레가 국내에서 최초로 발견된 곳이 경기도 소재의 동물원 다나 사육장이라는 점을 생각해 보면 한반도 남부 지역의 폭발적인 감염 양상은 의아하다. 목자재 유통 수량에 제한을 둔 이후에도 감염은 감소하지 않아 지속적인 원인 조사가 필요한 상황이다.

5) 방제

고사목을 벌채해 훈증, 소각한다. 감염목 1m³당 약제 원액 1L를 투입하고 비닐로 밀봉 처리한다. 혹은 죽은 나무를 넓은 공터에 쌓아 잔가지까지 모두 태운다. 노지 소각, 가마식 소각 등의 방법이 있다.

선단지 확산을 방지하기 위해서는 고사목 주변 일정 구역의 소나무류를 제거해야 한다. 벌채 방법에 따라 단목 벌채, 소구역 모두베기, 모두베기 등으로 나뉜다.

6) 예방

주사를 통해 나무에 살선충제를 주입한다. 이외에 항공 및 지상에서 약제를 살포하는 방식도 있지만 수피 내 침투하는 병의 특성상 그 효과에 대한 논란이 있다.

7) 전망

유례없는 이상 기온이 덮쳐 오면서 소나무등벌레병은 최근 5년 새 아홉 배가량 증가했다. 같은 기간 3000억 원 이상의 정부 예산이 투입됐으나 감염 확산을 막기에는 턱없이 부족하다. 이대로라면 소나무는 20년 안에 우리 땅에서 멸종할 것이다. 다양한 임산물 생산과 재배에 활용되는 소나무는 경제적 가치가 높은 수종이다. 이는 국가 임업이 재난에 가까워졌다는 뜻이며 나아가 소나무로 비유되는 우리 민족정신이 역사의 뒤안길로 사라질 수 있다는 경고다.

다나가 탈출한 경북 지역 동물원과 이어진 야산 개울에서

200밀리미터 크기의 발자국이 며칠 전에 발견되었다. 다나가 30년 만에 또다시 탈출한 지 한 달 만이었다. 최초 발견자는 멧돼지를 사냥하던 50대 엽사였다. 사람들이 통상 이용하는 등산로와 멀찍이 떨어진 숲이었다. 초등학교 4학년 정도로 보이는 작은 발. 맨발이었고, 이곳에 접수된 실종 아동 신고도 없었다. 엽사는 산에서 이런 사람 발자국을 발견한 건 이번이 처음이라고 증언했다. 발자국 근처에서 껍질이 뜯긴 소나무 두 그루도 발견했다. 수색에 동원된 전문가들은 다나가 이곳에서 물과 소나무 껍질을 먹은 뒤 떠났다고 결론 내렸다.

멧돼지나 고라니처럼 다나도 유해 동물로 지정된다면 사냥꾼에게 잡히는 건 시간문제다. 그러나 정부는 빈도가 잦아지는 엽총 오발 사고를 이유로 다나를 유해 동물로 지정하지 않았다. 다만 다나가 지나간 구역의 소나무들을 훈증하고, 지날 것으로 예상되는 구역에 화학 방제를 하기로 했다. 예상 경로는 논의 중이라고 했다. 그러나 그 경로는 의외로 간단하다. 다나는 이 나라의 꼬리뼈에서 등뼈를 따라 무작정 위로 올라갈 것이다. 강원도 법송군 연리재. 그곳이 다나의 목적지다. 이 사실은 나만이 알고 있다.

때 타지 않은 탈북녀와 결혼하세요

담당 팀장 010 XXXX-XXXX

시외버스 터미널 맞은편에 걸린 현수막이 바람에 나부꼈다. 나는 무지개색 플라스틱 의자에 앉아 산림청 직원 연수원까지 가는 셔틀버스를 기다렸다. 이 지역 연수원에 오기는 10년 전쯤 국유림 영림단 기초 교육 이후 두 번째였다. 오늘부터 1박 2일 일정으로 연수원에서 특별 방제단 오리엔테이션이 있었다. 터미널이 종점인 시내버스 몇 대가 들어왔다 나갔다. 외딴섬처럼 현수막 앞에 우두커니 선 하늘색 공중전화 부스가 시내버스에 가려졌다가 다시 드러났다.

버스 매연 냄새에 멀미가 날 것 같았다. 그렇지 않아도 나는 강원도 법송군에서 경북 소도시인 이곳까지 시외버스를 두 번 갈아타며 네 시간 만에 도착했다. 다나가 탈출한 동물원은 이 지역 바로 옆 도시에 있었다. 대합실로 들어갔다. 보따리를 든 노인들이 장의자에 앉아 건조한 낯빛으로 텔레비전을 보고 있었다. 볼륨이 꺼진 텔레비전에서 뉴스가 나왔다. 침대에서 자던 아기가 바닥으로 떨어져 사망했다는 내용이었다. 경찰은 부모가 의도적으로 유아용 침대의 낙상 방지 울타리를 내리고 아이를 방치했다고 보고 아동학대 치사 혐의로 검찰에 송치했다.

나는 자판기 앞에 서서 뭘 마실지 고민했다. 전시용 음료수 캔들이 누렇게 때 긴 행색으로 진열되어 있었다. 1000원짜리 지폐 두 장을 넣고 캔 커피 버튼을 눌렀다. 아무것도 나오지 않았다. 노인 하나가 뒷짐 진 자세로 끼어들었다. 자판기 안 되는데. 그러더니 매표소로 가서 자판기가 돈을 먹었다고 나 대신 따졌다. 매표소에서 돌려받은 1000원짜리 지폐 두 장을 내게 건넸다.

대합실 뒷벽에는 주요 방면으로 가는 버스의 배차 시간표가 걸려 있었다. 중간중간 없어진 배차 시간을 가리기 위해 백색 양면 테이프들이 반창고처럼 덕지덕지 붙어 지저분했다. 큰 도시가 아니면 배차 간격이 눈에 띄게 컸다. 맨 아래 구석에 산림청 직원 연수원 셔틀버스 시간표가 붙어 있었다. 나는 그중 오후 2시 30분에 출발하는 버스를 탈 계획이었다. 오지랖 넓은 그 노인이 또 참견했다. 3시로 변경되었다고 했다. 나는 그래서 삼십 분을 더 기다렸다.

셔틀버스는 고작 9인용 승합차였다. 차는 나를 태운 뒤에도 두 개의 정류장에서 각각 한 사람씩을 더 태우고 나서야 연수원으로 향했다. 산내로 뚫린 길은 벼룩파리의 비행 궤적처럼 비비 꼬여 있었다. 싸구려 승합차가 오르락내리락 쿵쿵거렸다. 토가 올라올 것 같았다. 연수원에 도착했을 때는 한 시간이 흘러 있었다. 연수원은 10년 전보다 건물이 늘어나 있었다. 화려한 외양이었으나 그뿐이었다. 인구 유입에 실패한 지방 혁신 도시의 아파트처럼 속이 텅 비어 있었다.

오늘 교육 인원은 대부분 지치를 몰고 왔다. 유일하세 여사인 나는 특별히 단독 숙소를 배정받았다. 카드 키를 들고 홀로 생활동까지 걸어가 얼마 되지 않는 짐을 풀고 산림청에서 나눠 준 방제단복을 입었다. 본관으로 돌아와 이름표를 목에 걸고 밥을 받아먹었다. 체력 테스트 때 봤던 몇 사람이 내게 알은체했다. 식사를 마친 뒤에는 모두 우르르 건물 뒤편으로 몰려가 담배를 피웠다. 나는 그들이 각자 흩어지고 나서야 건물 뒤편으로 향했다. 병든 정자처럼 고꾸라진 꽁초 더미 위로 가래침이 보글보글 거품을 남기며 녹고 있었다. 전부 그들이 남긴 것이었다. 나는 담배 한 개비를 천천히 태웠다.

교육은 둥근 계단형 강의실에서 진행되었다. 나는 가운데 구역 오른쪽 맨 끝에 앉았다. 강단에서 올려다볼 때 가장 눈에 띄지 않는 자리였다. 연구 기관에서 온 병해충 연구사가 소나무등벌레의 심각성에 대해 설명했다. 거추장스럽게 넥타이를 꽉 맨 정장 위에 방제단복을 걸치고 있어 덩치가 커 보였다.

"소나무등벌레에 감염돼 죽는 나무만 매년 50만 그루입니다. 주로 보이지 않는 땅속의 뿌리 네트워크를 통해 전염이 이뤄지죠. 특히 지구온난화로 등벌레 활동기가 길어지고 있어 피해가 더욱 심각합니다."

현 상황이 예년보다 심각한 건 매개체인 다나가 직접 움직이기 때문이다. 특별 방제단은 앞으로 두 달간 감염목 훈증을 비롯해 소나무 예방주사 작업을 수행한다. 주사에는 아바멕틴이 쓰이고 항공 방제에는 네오니코티노이드가 쓰인다.

"다나는 말이죠. 우리 생태계 규율을 깨뜨리며 혼란을 일으키고 있습니다."

맞는 말이다. 연구사의 말에 나만큼 공감하는 이도 없을 것이다. 서둘러 다나를 유해 야생동물로 지정해야 했다. 지체하기에는 다나로 인한 산림의 피해가 막대했다. 멍청하게 다나의 경로를 예측하며 소나무 방제만 할 때가 아니었다.

연구사가 칠판을 손가락으로 두 번 두들겼다.

"생화학, 생태학, 지리학 등등 학문적으로 복잡하게 설명했습니다만, 단순하게 생각하면 이런 겁니다. 성병 같은 것이죠. 하나의 보균자가 무분별한 본능에 따라 행동하면 모르는 새 병이 사방으로 침투해 도시 전체를 마비시키는 것과 같습니다. 소나무 에이즈라는 별칭이 괜히 생겼겠습니까? 인간의 규칙을 학습할 수 없다는 점에서 다나는 더욱 위험한 보균자이자 숙주죠."

교육이 끝난 뒤 사람들은 무리를 지어 어디론가 이동했다. 길게 유추할 필요도 없었다. 술 마시러 떠나는 것이다. 차가 있으니 이 시간까지 문 연 술집을 찾는 것쯤 무리는 아닐 터다. 나는 홀로 생활동으로 몸을 옮겼다. 어디선가 올빼미 우는 소리가 났다.

특별 방제단은 4인 1조로 움직였다. 가까운 지역 사람들끼리 한 조로 묶였다. 작업 구역은 매주 다르게 배정되었다. 나는 4조였다. 조장은 조 단장과 연배가 비슷한 구 씨였다. 그는 법송군에서 한 시간 정도 떨어진 해안 도시에서 곰솔을 관리한다고 했다. 다른 단원들도 마찬가지로 법송군이나 그 주변에 살았다. 구 씨가 미리 조달받은 아바멕틴 약제통을 조원들에게 건넸다.

오늘 작업 구역은 법송군과 바로 이웃한 다른 군의 야산이었다. 나무들은 과거에도 몇 번 주사를 맞았는지 곳곳에 구멍이 뚫려 있었다. 나는 윤척으로 나무의 흉고직경을 쟀다. 보통 사람이라면 가슴과 닿는 지점에서 지름을 재지만 나는 키가 작아 내 턱과 닿는 지점에서 쟀다. 측정을 끝내고 윤척 눈금을 확인했다. 챙겨 온 전동 드릴로 구멍을 뚫었다. 천공부에 주입기를 들이밀어 약을 넣었다. 약제통의 아바멕틴이 주입기와 연결된 관을 따라 나무로 이동했다. 한번 예방주사를 맞은 나무는 앞으로 최장 2년간 소나무등벌레에 대한 면역이 생긴다. 나는 일련번호와 시행일, 사용 약제명, 주입량을 적은 표식 라벨을 나무에 걸었다.

모든 나무가 예방주사 대상목은 아니다. 송이버섯이나 잣 채취 지역은 방제에서 제외된다. 나는 작업을 마치고 다른 나무로 이동할 때마다 약제통 때문에 몸을 비틀거렸다. 단원 한 명이 나를 못 미덥게 쳐다보았다. 내 특기가 무표정이라는 건 그나마 다행이었다. 나는 아무렇지 않게 다시 흉고직경을 쟀다. 다른 단원들이 열 그루에 주사를 놓을 때 나는 다섯 그루에 불과했다. 어느새 일을 다 마친 단원들은 적당한 곳에 앉아 내가 작업량을 다 채울 때까지 기다렸다.

"악바리네."

자리에 앉은 나를 보며 구 씨가 칭찬하듯이 뱉었다.

"듣기로는 체력 테스트 일등 했다고 들었는데. 아닌가?"

나는 대답 대신 미적지근한 생수를 마셨다. 먼저 생수 한 병을 비운 구 씨가 뚜껑을 닫고 별 고민하는 기색 없이 빈 페트병을 지척에 내던졌다. 구 씨가 다시 물었다.

"젊은 여자가 나무 베는 일은 왜 하는 거야?"

나와 구 씨의 대화에 딱히 귀 기울이지 않던 다른 단원들이 고개를 들어 이쪽을 쳐다보았다. 사선으로 떨어진 페트병이 데굴데굴 구르다 풀숲 더미에서 멈췄다.

나는 짧게 대답하고 일어나 풀숲 더미에서 빈 페트병을 찾았다. 바람을 후 불어 겉의 흙을 털었다. 가져온 배낭에 페트병을 넣었다. 그리고 주변을 살펴보며 다른 쓰레기들을 더 주웠다. 사람들은 이내 흥미를 잃은 듯 하산할 채비를 했다. 나도 처음보다 무거워진 배낭을 멨다. 사람들과 거리를 두고 내리막을 걸었다. 해가 지며 나무마다 붙은 표식 라벨늘이 오밤중에 붉게 빛나는 십자가처럼 존재감을 과시했다. 등 뒤에서 새 몇 마리가 날개를 파닥거렸다.

제가 할 수 있는 일이 이것뿐이어서요.

내가 이 한마디를 내뱉었을 때 구 씨와 단원들은 무슨 말인지 이해되지 않는다는 눈빛을 서로 주고받았다. 발음이 문제인지 내용이 문제인지 짐작할 수 없었다. 이후로 이어지는 질문은 없었다.

나는 차가 없다. 항상 조 단장이 태워 줬기 때문에 필요성을 못 느꼈다. 일행이 내려 준 시외버스 터미널에서 법송군으로 돌아가는 버스를 기다렸다. 얼마 전 특별 방제단 교육을 받으러 갔던 지역의 터미널과 비슷한 듯 달랐다. 결혼 정보 회사 현수막 대신 '백반집'이라는 아주 기본적인 상호의 식당이 터미널과 면하고 있었고 커피 자판기에는 카드 단말기가 있었으며 굳이 나한테 말 거는 오지랖 넓은 노인도 없었다. 그러나 터미널 앞 플라스틱 의자가 연수원 지역 터미널과 똑같은 무지개색이었고 역시 주요 방면을 제외하면 버스가 별로 없었다.

외국인 네 명이 시끄럽게 떠들며 대합실에 들어왔다. 아마 이곳으로 돈 벌러 온 사람들 같았다. 그들은 도시로 가는 버스표 네 장을 끊고 맨 뒤쪽 의자에 앉았다. 자기네 언어로 서로 시시덕거렸다. 유리문 너머에 버스 한 대가 들어왔다. 나는 밖으로 나가 버스 앞면에 붙은 목적지를 확인하고 곧바로 올라탔다. 오른쪽 창가에 앉아 바깥을 바라보았다. 몇 개 되지 않는 조명들이 광선처럼 길게 늘어나더니 이내 빠르게 일그러졌다. 버스는 덜컹거리며 법송군에 가기 위해 반드시 거쳐야만 하는 터널로 들어갔다. 심해로 윤몰하듯 사방이 삽시간 암흑으로 물들었다.

다음 방제를 위해 금산리를 찾았다. 한 노인이 몸을 지팡이에 기댄 채 우리를 불편한 듯 바라보았다. 다른 곳은 그렇지 않은데 유독 미간이 뇌처럼 쭈글쭈글했다. 평생 인상을 얼마나 쓰고 다녀야 저렇게 주름이 깊게 파일까. 거대한 소나무를 막아선 노인에게 구 씨는 이 소나무에 예방주사를 놓아야 하는 이유를 설명했다. 직원 연수원에서 연구사가 했던 말을 그대로 읊는 거였다. 나를 비롯한 단원들은 약제통을 짊어진 채 노인의 대답을 기다렸다. 노인은 수긍하는 대신 어금니에 달라붙은 껌을 떼어 내듯 입을 우물거렸다. 백시처럼 맥없이 자란 흰 수염 몇 가닥이 턱 근육 움직임에 따라 아래위로 흔들렸다. 언짢아하는 기색으로 연초를 꺼내 불을 붙였다. 나는 연초보다 나무 파이프가 노인에게 더 어울릴 것 같다는 생각을 했다. 노인이 입을 우물거리며 연기를 삼켰다.

"영 꺼림칙하단 말이지……. 이 소나무는 우리 동네 터숫대

감이야. 300년이나 됐다고. 군수 양반이 그러던데. 내년에는 천연기념물로도 지정이 될 거라고…….”

“알고 있습니다. 이런 명목일수록 병해충 예방이 더 시급한 것 아니겠습니까.”

“이 나무는 지금까지 병해충은커녕 나방 한 마리도 알을 깐 적이 없어. 벼락 때문에 온 동네가 난리 났던 때도 이 나무만은 멀쩡했지. 지금까지 아무렇지도 않게 잘 살아왔어. 앞으로도 이렇게 살면 될 일이야. 그런 나무에 굳이 구멍을 뚫겠다는 건 기실 어디 깡패들이나 할 법한 생각이지. 뭐, 나랏일 하는 양반들이 깡패랑 별 차이가 있겠느냐만…….”

“그렇게 따지면 동네 의원에서 예방주사 맞는 사람들 전부 깡패한테 협박당한 거게요. 요즘 기술 얼마나 좋아졌습니까. 아바멕틴이라고, 이거 원래 항상 쓰던 건데…….”

“그렇게 어려운 말 쓰면 우리 같은 노인네들은 몰라. 그냥 약이 약이구나 하는 거지.”

“어르신. 다나가 얼마나 위험한지를 아셔야 해요.”

“그 짐승이 사람 모인 동네 한가운데까지 내려오겠어? 나무는 사람이랑은 달라. 세상에 천연기념물로 지정되는 인간이 어딨나. 이 나무는 이 동네의 불상 같은 거야. 영물이라고. 누구도 함부로 불상에 구멍을 뚫지 않아. 나무의 가치를 아는 사람이라면 그런 소리는 함부로 지껄이지 못해.”

구 씨는 햇빛을 가리기 위해 쓰고 있던 정글모를 벗었다. 이마의 땀을 닦으며 별수 없다는 듯 대답했다.

"일단 알겠습니다."

자리에 노인을 남겨 두고 구 씨는 뒤돌아섰다. 검버섯 핀 손으로 담배를 입에 붙였다 떼는 노인의 모습이 점점 작아졌다. 다른 단원이 저 소나무는 그대로 두느냐고 물었다. 구 씨는 입을 삐죽 내밀었다. 모르지. 나는 위에서 시키는 대로 하는 거니까. 근데 저 영감이 소나무 주인도 아니고. 나라에서 강제로 하면 영감도 어쩔 수가 없지.

인근 초등학교에 도착하자 구 씨가 나서서 경비실 창을 두들겼다. 줄 이어폰을 꽂고 핸드폰으로 당구를 보던 경비가 이쪽을 쳐다보았다. 여덟 개의 눈동자를 발견하고 느린 동작으로 귀에서 이어폰을 뺐다. 미닫이 창문을 열고 어디서 왔는지 물었다. 구 씨는 아까 연락드렸던 특별 방제단이라고 소개했다.

"특별 방제단? 그런 건 처음 듣는데……."

구 씨가 물었다.

"오전에 저랑 통화하셨던 선생님 아닙니까?"

"오전 근무자 말하는 거면 그 사람은 아파서 일찍 조퇴했어요. 내가 원래 다음 주 담당인데 이번만 대신 나온 거고."

경비는 잠깐만 잠깐만, 혼잣말처럼 중얼거리고는 창문을 홱 닫았다. 그리고 어딘가에 전화를 걸었다. 경비실 앞에서

네 명은 잠시간 방치되었다. 이내 창문이 올라가며 다시 내부가 또렷하게 드러났다. 경비가 같이 들어가자는 듯 엄지로 자기 뒤쪽을 가리켰다. 그는 경비실에서 나와 문을 잠갔다.

"작업할 때 소음이 심하게 난다거나 그러진 않죠? 애들 수업에 방해될 수가 있어서……."

"별로 안 시끄럽습니다. 금방 끝나기도 하고요."

초등학교 소나무는 대부분 이파리를 고르게 전지한 반송이었다. 작업하는 단원들을 살피던 경비가 내일 오면 더 좋았을 거라고 말했다. 아이들이 현장 체험 학습을 가는 날이었다. 경비가 움직일 때마다 허리춤에 걸린 열쇠 꾸러미가 짤랑거렸다. 구 씨가 웃으며 말했다. 내일은 저희가 안 돼서……. 대답 말미로 전동 드릴의 소음이 따라붙었다. 시끄럽지 않다고 말한 게 무색하게 큰 소음이었다.

원지가 초등학교를 졸업하기 전까지 조 단장은 종종 원지의 현장 체험 학습에 나를 같이 보냈다. 염치없이 교사의 인솔에 끼어들어 졸졸 따라가는 나를 원지는 창피해했다. 교사도 마찬가지로 나를 곤란해했다. 유원지는 아주 넓었다. 자유 시간이 되자 원지는 친구들과 놀이기구를 타러 떠났다. 혼자 남은 나는 인파에 쓸려 헤매다 동물원에 들어갔다. 입구에서 정면으로 보이는 네모난 우리에 암컷 오랑우탄 한 마리가 있었다. 시커먼 털로 뒤덮인 그 형체는 원을 그리며 빙글빙글 돌다가 간혹 사람들 앞에 서서 분하다는 듯 팔을 위협적으로 흔들었다. 얼마 전 새끼가 갑작스럽게 죽어 스트레스를 받아 그렇다고 사육사는 사무적으로 설명했다.

오랑우탄이 울었다. ……운 게 아닐 수도 있다. 나는 오랑우탄의 언어를 모르기 때문이다. 종이 다르면 서로 소통이 되지 않는다. 다만 어떤 경우는 동종끼리도 이종만 못하게 말이 통하지 않는다.

나는 홀로 동물원 한 바퀴를 돌았다. 어디서도 원지의 얼굴은 보이지 않았다. 안내 센터를 찾아갔다. 그곳에 작은 방송 부스가 있었다. 여자 직원에게 현장 체험 학습을 따라왔다가 언니를 잃었다고 최대한 또박또박 말했다. 직원은 내 말을 이해하지 못하겠다는 듯 자꾸 되물었다. 같은 말을 세 번 듣고 나서야 마이크를 켜 내가 알려 준 정보를 읊었다. 내 이름과 나이, 초등학교명, 교사, 그리고 언니 이름 조원지……. 그러나 이십 분이 되도록 아무도 안내 센터로 찾아오지 않았다. 직원은 같은 방송을 한 번 더 했다. 그러고도 사십 분을 기다리고 난 뒤에야 교사가 몇몇 아이들을 데리고 찾아왔다. 원지는 없었다. 교사는 짜증을 삼키는 표정이었다. 담당 학생도 아닌 나까지 챙겨야 하는 게 싫었을 것이다. 마침 점심때가 되어 그는 아이들을 부스 바깥에 있는 벤치에 앉혔나. 나는 조 단장이 아침에 챙겨 준 바나나를 꺼내 먹었다. 가방 속에 오랫동안 품고 있었더니 썩은 것처럼 탁하게 익어 있었다. 교사가 참외를 깎으며 말했다.

"원지 아버지한테 들었는데, 먼 나라에서 왔다고……."

교사는 능숙한 솜씨로 참외를 먹기 좋게 자른 뒤 뒤집어 둔 락앤락 뚜껑 위에 올렸다.

"여기서는 아예 학교를 안 다니니? 외국인이라?"

아이들이 참외를 씹었다. 그 순간 오랑우탄의 울음이 내 안에서 교차맥처럼 생동하기 시작했다. 그러더니 어느새 불길의 형태로 환히 연소했다. 교사와 아이들 얼굴에 검은 물감이 칠해졌다. 물감의 면적은 발진처럼 빠르게 번져 나를 제외한 모든 사물을 새까맣게 삼켰다. 일순 어디선가 광선이 길게 이어지며 내 손톱에 닿았다. 광선의 발원지를 찾아 나는 시선을 옮겼다. 그 끝에 오랑우탄이 있었다.

그 유원지는 몇 년 전 다시 내 앞에 나타났다. 텔레비전에 서였다. 전염병이 황사처럼 전국을 점령한 시기였다. 화면 안에 그 화려했던 회전목마와 바이킹과 범퍼카가 타락한 천국처럼 남아 있었다. 녹슨 놀이기구들을 비추던 카메라는 동물원으로 넘어갔다. 페인트칠이 벗겨진 창살 안에서 삐쩍 마른 호랑이가 죽음을 기다리고 있었다. 나는 오랑우탄이 나오길 기다렸다. 그러나 카메라는 오랑우탄 대신 장식깃이 다 떨어

진 자바공작, 죽은 하마와 기린을 비추다가 완전히 다른 화면
으로 바뀌었다.

그동안 영림단을 하며 내가 이동한 거리를 붉은 실로 표시
한다면 이 나라 영토를 몇 번이고 둘둘 말 만큼 거대한 목도
리를 뜰 수 있을 것이다. 어느 날은 산의 중허리에서, 어느 날
은 해발 1500미터에서 나무를 벤다. 높은 고도에 도달해 가
장 먼저 느끼는 건 귀 안쪽에서 팽창하는 공기의 이물감이다.
아주 잠시지만 내가 선 이곳이 어항 같다는 생각이 든다. 그
리고 어항 속 암브리아 수초 같은 모양으로 누워 자라는 눈
잣나무와 마주치면 이곳이 정말 수중이라는 착각에 빠지게
된다.

그렇다. 어떤 산에서는 나무들이 누워서 자란다. 낮은 지
대에서는 기세등등하게 허리를 펴는 침엽수가 해발고도가 높
은 산 정상에서는 앉은뱅이 자세로 구겨져 바람꽃과 영역 싸
움이나 한다. 이들이 좀처럼 기립하지 못하는 건 혹독한 환경
탓이다. 일어서려고 하면 한풍이 불어와 어떻게든 옆으로 눕
혀 버린다. 만약 이들이 인간이었다면 이렇게 말했을지도 모
른다.

이 터는 내가 잡은 게 아녜요. 어느 새가 구과를 물고 날
아기디 여기에 떨이뜨렸을 뿐이지요. 나는 원치 않게 이곳에

서 태어나 끝없이 고통만 받고 있어요. 한번 누워 자란 나무는 여기를 떠나 완벽한 토양에 가서도 계속 누워 자란대요. 곧게 자라 본 적이 없으니. 딱 한 끗 차이로 조금만 낮은 곳에서 뿌리내렸더라면 애초에 이런 우스운 꼴은 되지 않았을 거랍니다. 환경이 나를 이렇게 만들었어요. 이건 꼭 믿어 줬으면 좋겠는데요…….

한번 뽑힌 손톱은 다시는 멀쩡하게 자라지 않는다. 옮겨 심어도 누워 자라는 나무처럼. 내 손톱에 멍처럼 얼룩덜룩 남은 손상 자국은 나를 연리재에서 벗어나지 못하게 하려는 다 나의 저주다. 나는 연리재와 한참 떨어진 곳으로 일하러 가서도 연리재를 본다. 유년기로 빨려 들어갔다가 빠져나오는 일을 영원히 되풀이한다.

마을 한가운데에 자리한 300년 된 소나무를 남들 몰래 방제하기란 불가능하다. 행정명령에 따라 어차피 놓아야 하는 예방주사라면 마을 주민에게 제지당하기 전에 재빨리 처리하는 편이 낫다. 조원들은 금산리 소나무 앞에 도착하자마자 미리 분담한 역할대로 일사불란하게 움직였다. 구 씨는 다짜고짜 전동 드릴을 박았고 나는 약제통에 주입관을 꽂았다. 노인이 이 나무만은 절대 안 된다고 막았던 게 무색하게 예방주사 작업은 순식간에 끝났다. 짐을 챙기고 야반도주하듯 자리를 떴다. 오늘따라 마을에 사람이 없어 다행이었다.

덜미는 생선구이 식당에서 잡혔다. 오전 작업을 마치고 조원들끼리 점심을 먹으려던 참이었다.

"당신들이 나무에 주사 놨어?"

노인이 아니라 금산리 이장이었다. 구 씨는 밑반찬으로 나온 깍두기를 씹으며 대답했다.

"말했잖습니까. 병해충 예방주사 놔야 한다고요."

"동네에서 허락하지도 않았는데 멋대로 해도 돼?"

"정부에서 관리하는 사업입니다. 불만이 있으면 그쪽에 따지셔야지."

"그런 게 어딨어? 당신들, 공무원도 아니면서……."

"공무원한테 가서 똑같이 따져 보십쇼. 거기서는 뭐 다른 소리 들을 줄 아나. 그리고 말끝마다 당신 당신 하는데 당신이야말로 뭐 얼마나 잘났다고 반말질이야. 이장 딱지가 대단한 감투라도 되는 줄 알아요?"

이장이 구 씨의 가슴팍을 밀쳤다. 앉은 자세 그대로 뒤로 밀쳐진 구 씨가 바닥에 우스꽝스럽게 엉덩방아를 찧었다. 구 씨가 일어나 곧장 이장의 멱살을 잡으면서 둘의 몸뚱이가 아슬아슬하게 겹쳤다. 이장은 말리러 온 여자 종업원에게 이 새끼가 멋대로 소나무에 주사를 놨다며, 이거 못 배워 먹은 새끼 이니냐고 떠졌다. 정직 종업원은 외국인이라서 못 알아들은 눈치였다. 싸움은 다른 작업 하러 가야 한다는 구 씨의 일방적인 후퇴로 시답잖게 끝났다.

나는 집으로 돌아와 생선 가시를 잘게 부숴 식은 밥에 섞었다. 미지근한 물을 조금 부어 질게 만든 그것을 들고 마당으로 나갔다. 냄비의 음식물을 그대로 스테인리스 그릇에 들이부어 푸른 지붕의 개집 앞에 밀었다. 쇠목줄 끌리는 소리와 함께 구름이가 튀어나와 그릇에 코를 박았다. 구름이는 조 단장이 1년 전 오일장에서 사 온 개였다. 암컷이었고 시도 때도 없이 짖었다. 본가에 가끔 오는 원지와는 데면데면했다.

타이어가 산비탈 모래 입자를 밟으며 내는 지글지글 끓는 소리가 들렸다. 내 시야 안으로 조 단장의 사륜구동 트럭이 들어왔다. 트럭은 집 앞에 멈춰 덜덜대다가 조용해졌다. 내 쪽으로 가까이 다가온 조 단장에게서 엔진 톱 기름과 막걸리 냄새가 났다. 그는 주머니에 손을 꽂은 채로 서서 구름이가 밥 먹는 모습을 내려다보았다.

집으로 들어온 조 단장은 도시락통을 식탁에 올렸다. 나는 뚜껑을 열어 내가 아침에 싸 준 음식들이 얼마나 남았는지 확인하고 통을 물에 담갔다. 조 단장은 가정용 구급상자를 꺼냈다. 작업복 바지를 위로 올리자 손수건으로 꽉 묶은 정강이가 드러났다. 인상을 찌푸리며 매듭을 풀었다. 개흙처럼 핏물이 질퍽하게 고여 있었다. 지혈하던 천이 없어지자 핏방울이 아래로 뚝뚝 떨어졌다.

"톱날에 긁힌 거예요?"

내가 물었다. 조 단장은 대답하지 않고 휴지로 피를 닦아 냈다. 그 위로 붉은 소독약을 덕지덕지 발랐다.

내가 특별 방제단으로 빠지면서 조 단장은 급히 대체 인력을 뽑았다. 그런데 군청 산림과 직원이 엄선해 준 추천 인력이 죄다 외국인이었다. 조 단장은 일은 조금 서툴러도 말 잘 통하는 법송군 출신을 뽑았다. 내 또래라는 그 남자는 고등학교를 졸업한 뒤 도시의 공장에서 일하다가 올 초 다시 고향에 돌아왔다고 했다. 사회 경험은 있지만 엔진 톱 조작에는 서툴렀다. 조 단장은 처음 내가 이 일을 시작했을 때처럼 그를 계속 데리고 다니며 가르쳤다. 그 영향인지 최근 다쳐서 오는 날이 잦았다.

"무릎 보호대 안 했어요?"

"안 했어."

"병원 가요."

"이런 걸로 무슨."

혼자 소독을 마친 조 단장이 가볍게 일어났다. 비타민을 챙기듯 냉장고에서 소염제를 꺼내 먹고 아무것도 안 묻은 손을 탈탈 털었다. 우리는 저녁을 먹었다. 노을이 물러선 창밖으로 밤이 고개를 기울이고 있었다. 나는 슬쩍 조 단장의 오른팔을 훔쳐보았다. 이제 보니 전에 없던 상처가 늘었다. 팔목에도 모서리에 긁힌 듯 외상이 나 있었고 팔꿈치에도 딱지가 딱딱하게 졌다. 대체 인력 때문에 다치는 거라고 생각했는데 아닐지도 몰랐다. 씁쓸한 얘기지만 조 단장도 늙고 있었다.

내가 설거지하는 동안 조 단장은 구급상자를 다시 꺼냈다. 소독약을 새로 바른 뒤 소염제를 한 알 더 먹었다. 살짝 열어 둔 창문으로 뒷집에서 생선 굽는 냄새가 났다. 조 단장은 담배를 꺼내 물었다. 젖은 손을 닦는 내게 너도 피우라며 담뱃갑을 내밀었다. 나는 거절하고 식탁에 깨끗한 재떨이를 갖다 놓으며 조 단장 앞에 밀었다. 방충망이 희미하게 흔들렸다. 망에 달라붙은 나방이 안으로 들어오려고 안간힘을 쓰고 있었다. 징그러울 정도로 화려한 날개 문양이었다. 말단에 아직 미세하게 불붙은 연초를 조 단장이 그대로 재떨이에 털었다. 나는 맞은편 의자에 앉았다.

담배를 물어 곱씹는 발음으로 조 단장은 원지에 대한 말을 꺼냈다. 원지는 대학을 졸업한 후 도시의 관세 사무소에서 전산 담당 직원으로 일하고 있었다. 조 단장이 들려주는 얼마 전 원지와의 통화 내용은 아주 사소하고 시들했다. 그러므로 원지가 나에게는 절대 들려주지 않는 이야기이기도 했다. 사실 원지도 조 단장에게 모든 걸 말하지는 않는다. 화자는 무릇 청자에 따라 할 말을 선별하기 마련이다. 원지가 자기만의 필터로 침전물을 걸러내 조 단장에게 들려준 이야기를 조 단장은 또 자기만의 필터로 침전물을 걸러내 내게 들려준다. 그러므로 내가 듣는 것은 아주 투명하고 깨끗한, 그래서 내 모습까지 투영되는 문장이다.

비단 조 단장과 하는 대화만 그런 건 아니다. 남들에게 듣는 이야기란 대개 그렇다. 나조차도 타인에게 솔직한 화자가 되지 못한다. 어쩌면 내가 알아듣고 인식한 모든 이야기가 사실은 내 착각이 빚어낸 환상일지도 모른다. 이 언어는 내 모어가 아니므로 나는 말할 때나 들을 때나 단지 최선을 다할 뿐이다. 아나운서의 발화를 상상하며 혀를 굴려 보지만 내 혀는 매번 자할로 떨어져 나온 도마뱀의 꼬리처럼 요란하게 꿈틀거리는 데 그친다.

외계인 눈처럼 생긴 나방의 날개 문양이 나와 조 단장을 들여다봤다. 나방은 나와 똑같은 이야기를 들었다.

이 나라의 산은 소나무들의 아파트다. 그들은 그곳에서 자기들만의 군락지를 형성해 개성을 버리고 초록색 점으로 전락하는 것을 기꺼이 여긴다. 아파트 칸 같은 이 나라 사람들과 닮았다. 그들이 개성을 부여받는 건 오직 병에 걸렸을 때다. 이 역시 남들과 다른 외양을 갖게 되었을 때 비로소 완전히 개인이 되는 이 나라 사람들과 닮았다. 서대한 초록 능선에서 나는 종종 아파트 단지의 검고 조밀한 창문들을 본다. 선비의 지조니 절개니 궁궐을 지을 때 쓰이는 수종이라느니 그런 부연보다는 직관에 따른 감상이 내게 더 확신을 준다.

"단풍인가?"

아웃도어를 입은 젊은 부부가 등산로 입구에서 먼 곳의 붉은색 나무들을 의아하게 바라보았다. 아직 단풍은 이르다. 게다가 단풍이라기엔 잎의 모양도 나무의 빛깔도 기이하다. 다른 조원들과 나는 부부의 옆을 조용히 지나갔다. 일반 등산객은 이용할 수 없는 임도로 들어가자 머리가 희끗희끗한 산주가 부리나케 나타났다. 그의 뒤편에는 주거용인지 휴식용인지 목적이 불분명한 허름한 컨테이너 한 채가 있었다.

"오는 길에 다나 못 봤습니까?"

"저희도 이제 막 도착했는데요. 그리고 다나가 여기까지 오려면 두 달은 지나야 합니다."

"다나가 오지도 않았는데 나무들이 이렇게 죽었다고요? 그게 말이 됩니까?"

"소나무 병해충이 등벌레만 있는 건 아니라서요. 아시잖습니까. 다른 병에 걸려서 죽었을 수도 있죠. 자세한 건 검사 결과가 나와야 압니다."

"지금 검사가 가능해요?"

"일단 진단 키트를 챙겨 왔는데……. 이걸로 검사해서 키트액이 붉게 변하면 주변 나무를 싹 베어야 합니다. 소나무등벌레라는 뜻이거든요. 하지만 걱정 마십쇼. 붉은색이 안 나오면 죽은 나무만 골라 베어 내면 됩니다."

"그러니까 소나무등벌레가 아닐 수도 있다는 얘기죠?"

"네."

산주의 얼굴이 어정쩡한 안도로 변했다. 나를 포함한 나머지 조원들은 뒷돈을 받은 증인처럼 함구했다. 사실 소나무등벌레병 감염 여부는 수피만 벗겨도 알 수 있다. 감염목 수피 안에는 소나무등벌레 배설물이 빼곡하게 엉겨 있기 때문이다. 진단 키트를 사용하는 것은 등벌레 외의 다른 가능성을 확인하고 서류를 남기기 위한 요식 절차이기도 하다. 우리는 산을 올랐다. 듣기로 이곳에서 20년 넘게 사람을 시켜 소나무를 기른 산주는 당장 지난주에 조경업체와 한 그루당 50만 원에 넘기기로 계약을 맺고 판매 대금을 받은 상황이었다. 만약 여기서 소나무등벌레 감염이 확인되면 그는 1억 원에 육박하는 돈과 20년이 넘는 세월을 잃게 된다. 구 씨가 채취한 시료를 진단 키트액에 섞었다. 물색이 변할 때까지 기다리는 삼십 분 동안 구 씨는 여기저기 붉게 죽은 나무를 가리키며 단원들에게 담당 구역을 할당했다. 산주가 그 모습을 불안하게 지켜보았다. 삼십 분이 지나자 구 씨가 진단 키트를 내밀었다. 액이 붉게 변해 있었다.

산주는 자리를 떠났다. 나라에서 보상해 주는 겁니까? 떠나기 전 그는 이렇게 물었는데, 구 씨가 가볍게 웃으면서 대답했다. 우리야 모르죠. 그런 건 나라에 물어보셔야지. 조원들은 죽은 나무의 밑동을 잘랐다. 서로 달라붙어 바쁘게 꿈틀거리는 하얀 실벌레 무리가 드러났다. 감염목을 일정한 크기로 여러 조각 베어 낸 다음 한곳에 층층이 쌓았다. 소나무 등벌레를 죽이는 약제를 뿌린 뒤 비닐로 덮었다. 공기를 차단하기 위해 비닐 하단을 흙으로 막고 오늘 날짜를 적었다. 등산로와 가까운 곳에 심어진 나무들은 현장에서 훈증하지 않고 산 밑으로 옮긴다. 나는 알루미늄 지게로 죽은 나무 조각들을 이고 조심스럽게 일어났다. 내 체중을 훌쩍 넘는 무게가 등에서 나를 짓눌렀다. 삽을 지팡이 삼아 흙을 쿡쿡 찧으며 천천히 하산했다. 먼저 내려간 구 씨가 꾸물거리지 말라고 소리를 질렀다.

개천 물줄기가 가냘프게 흘렀다. 연안에 감염목 조각들이 높게 쌓여 조용히 불에 타올랐다. 나는 그 앞에 작게 움츠리고 앉아 담배를 피웠다. 멀리 떨어진 곳에서는 구 씨와 조원들이 대화를 나누고 있었다. 뒤죽박죽 여러 방향으로 갈라지는 시꺼먼 연기를 나는 잠연히 바라보았다.

불쑥, 내 안의 분노가 강가 시체처럼 떠올랐다. 창백하고 서늘한 동시에 터질 듯 부푼 형체였다. 가시덤불 위로 떨어지듯 심장이 조여 왔다. 멀쩡한 소나무들이 하루아침에 죽었다. 애초에 그 짐승 한 마리만 아니었어도 없었을 일이다. 앞으로도 나는 이런 식으로 수없이 많은 나무를 베고 태워야 할 것이다.

다나를 죽여야 한다. 그래야 모두 게 끝난다. 그리고 그걸 죽이는 건 나여야 한다. 나는 다나의 냄새를 안다. 언어를 안다. 목적을 안다. 다나가 역겨워 견딜 수 없다.

철물점 문을 열자마자 어서 오라는 기계적인 인사가 따라 붙었다. 현익은 고무호스를 팔에 말아 정리하고 있었다. 내 등 뒤로 문이 닫히며 종이 잠깐 딸그랑거리다가 잠잠해졌다. 헌팅 트로피 바로 옆에 걸린 텔레비전에서 방송이 무음으로 흘러나오고 있었다. 나를 발견한 현익이 하던 일을 멈췄다. 눈을 크게 세 번 감았다 뜨더니 뒤늦게 반갑다며 웃었다. 내가 혼자 철물점을 찾기는 이번이 처음이었다. 그는 내게 뭘 찾느냐고 물었다. 나는 잠깐 망설이다 말했다.

"총 있나요?"

일제히 웃는 출연자들의 얼굴이 재빠르게 지나갔다. 상황 파악이 덜 된 표정으로 현익은 나를 바라보았다.

"총이요?"

"노루 정도 되는 짐승, 죽이고 싶어요."

내 입안에 보이지 않는 구슬이 굴러다녔다. 나는 혹여 현익이 내 발음을 알아듣지 못할까 봐 언젠가 전쟁 영화에서 보았던 총 쏘는 자세를 어설프게 흉내 내며 덧붙였다.

"단순 엽총이면 될 것 같은데……."

"……."

"저번에 저한테, 필요한 게 뭐든지, 말만 하면 구해 주겠다고 했잖아요……."

투명한 개머리판을 어깨에 견착하고 현익을 주시했다. 내 조준기에 갇힌 현익은 여전히 이해가 안 된다는 듯 눈만 깜빡거리다가 뒤늦게 상황을 파악하고 당혹스러워했다.

"총은 취급하지 않아서요. 여기는 일반 철물점이라……."

"그런데 그때, 분명……."

"제가 다 구해 줄 수 있다고 했습니다. 그치만 총은……."

현익이 인중의 면도 자국을 습관적으로 쓸었다. 나는 어깨에 힘을 빼고 팔을 밑으로 내렸다. 근육이 땅겼기 때문이다. 반구 각도기의 10도 눈금 같은 현익의 눈썹이 미세하게 꿈틀거렸다. 까끌거리는 피부를 만지던 투박한 검지가 멈췄다.

"노루를 죽인다고 했나요?"

"노루 정도 되는 짐승. 노루가 아니라요."

"그러니까, 노루 정도 되지만 노루는 아닌 다른 짐승?"

"네. 그리고 저만 죽일 수 있는 짐승요."

"베테랑 엽사라면 이 동네에도 한둘이 아닐 텐데요."

"기술적으로는. 하지만 저에겐 의미가 달라요."

"사냥에서 의미를 찾는 사람은 없습니다."

사냥의 기술과 의미는 다르다. 다나를 사살해야 하는 이유는 오직 나만 가지고 있다. 머리에서 말이 맴도는데 입 밖으로 나오지 않았다. 답답했다.

"별이 씨가 저한테 뭘 부탁한 건 이번이 처음이죠?"

내 표정을 살피며 현익이 말했다. 나는 덥석 그 말꼬리를 붙잡았다.

"네. 그리고 마지막입니다."

나와 눈이 마주친 텔레비전 속 출연자가 고개를 돌렸다. 현익은 생각에 잠겨 가만히 있다가 이내 정리하던 호스를 다시 말았다. 하얀 특대 비닐에 호스를 넣은 다음 비닐 꽁지를 매듭지었다. 아까보다는 개운한 안색으로 나를 쳐다보았다.

"납품 거래처 중에 총포사가 하나 있어요. 그쪽 형님께 연락해 보겠습니다. 저는 별이 씨한테 잘 보여야 하니까요."

현익이 총을 구하기까지는 2주도 채 걸리지 않았다. 그는 일요일에 나를 철물점으로 불렀다. 조 단장 사무소 근처의 공용 주차장을 꽉 채웠던 교회와 성당 신도들이 물러난 아주 늦은 시간이었다. 문 잠그고 셔터까지 내린 철물짐 안에서 현익은 수평쌍대 산탄총 한 자루를 소개했다. 안에 실탄이 없다고 하면서도 그는 잘못 건드리면 격발될 것처럼, 이제 막 태어난 신생아의 몸을 닦듯 아주 조심스럽게 총을 만졌다. 총은 과거의 영광을 오래된 전설처럼 품고 허공을 향해 아가리를 벌리고 있었다. 안에 결정적인 두무가 없으니 이빨 빠진 호랑이나 마찬가지였다.

"형님하고는 오래 알고 지낸 사이입니다. 제가 쓴다고 거짓말하고 사 왔죠. 형님한테 듣기로 노루 정도 되는 짐승이 목표라면 이만한 녀석은 없을 거라던데요. 다른 총도 있지만 얘보다 가성비가 떨어진다고요. 무릇 초보자라면 시작은 스테디 제품부터 해야죠. 이게 가장 많이 팔려요. 부품 구하기도 어렵지 않으니 쓰다가 아쉬우면 얼마든지 개조도 가능합니다. 만져 볼래요?"

현익이 내게 총을 들이밀었다. 나는 원목 재질의 총대를 두 손으로 잡고 표면을 느리게 훑어보았다. 어설프게 어깨에 개머리판을 붙이고 쏘는 척 자세를 잡았다. 손잡이를 쥐고 금방이라도 내 앞의 표적을 죽일 것처럼 손가락을 움직여 보았지만 사정거리 안에 걸린 현익의 표정에는 아무 변화가 없었다. 나는 총을 계산대 위에 조심스럽게 내려 두었다.

"얼마예요?"

내 질문에 현익이 재빠르게 반응했다.

“왜요?”

“돈 내려고요.”

“그런 건 신경 안 써도 됩니다.”

“제 총인데요.”

“나중에 내는 걸로 해요. 그때 제가 두 배로 청구할게요.”

이상한 말이었다. 대부업체도 이런 터무니없는 계산은 하지 않을 것이다. 이해 못 하는 표정의 나를 무시하고 현익은 스탠드에 총을 끼우며 “총 들어 보니 어때요?” 하고 아무렇지도 않게 주제를 돌렸다. 능숙하게 훈련한 직업적 기술처럼 자연스러웠다.

“무거워요. 산에서 들고 다니기에는…….”

나는 얼떨결에 대답했다.

“총은 드는 게 아닙니다. 내 어깨에 빈자리를 만든 다음 총을 초대하는 거예요. 견착하는 자세를 배우면 그다음부터는 어렵지 않아요. 올림픽을 보나요? 남자 사격 선수보다는 여자 사격 선수 실력이 더 뛰어나죠. 총의 무게가 사격에 지대한 영향을 끼쳤다면 그런 결과는 나오지 않았을 겁니다.”

“그런가요.”

“몸을 총에 맞춰 가는 게 중요합니다. 그러기 위해서는 연습이 필요하고요. 그러고 보니 별이 씨는 매일 엔진 톱을 들고 다니죠. 그거야말로 총보다 무게가 더 나갈 텐데요. 아마 연습만 꾸준히 하면 사냥쯤 큰 무리는 아닐 겁니다."

현익이 짧게 기침했다. 가래가 바글 끓었다가 가라앉았다. 목을 가다듬고 나서 그는 천천히 입을 열었다. 상순과 하순이 여름날 부딪치는 살덩이처럼 쩍 소리를 내며 가볍게 닿았다 떨어졌다.

"바쁘지 않다면 다음 주말에 나랑 사격 연습하러 가요."

총은 사람이 가장 사람다운 방식으로 수류를 해하는 이기다. 사람의 진짜 힘은 하찮은 표피로 만물을 학살할 수 있다는 데 있다. 도구를 관철하기에 앞서 손가락에 주목해야 한다. 따로따로 뻗은 열 개의 줄기는 경우에 따라 합동하고, 때로 선택된 몇 개만 움직이며 잡는 대상에 맞춰 힘을 조절한다. 그러나 연필을 잡거나 방아쇠를 당길 때는 사과를 쪼갤 때와 달리 별다른 힘이 필요 없다. 총은 그 점에서 사람에게 가장 지혜로운 무기가 된다. 정교하게 힘을 쓰지 않아도 살상을 할 수 있게 돕기 때문이다. 사격 자세를 배우면 명중에 도움이 되겠지만 오직 죽이는 것만이 목적일 때는 그마저도 필요가 없다. 해외에서 총을 갖고 놀던 어린아이가 오발해 성인을 죽였다는 뉴스가 심심하면 들려오는 게 그 방증이다.

9세기 무렵 중국에서 화약이 처음 발명되고 15세기 유럽에서 화승총이 개발되기 전까지 가장 중요한 무기는 타고난 신체의 힘이었다. 군유가 뒤집히는 오랜 역사 동안 인간의 선천적 인식은 그 안에 갇혀 있었다. 무엇이든 이기기 위해서는 끝까지 달려 나가는 수밖에 없다. 그 과정에서 남들보다 느린 두 다리를 원망하게 한다. 때로는 저주와도 같은 유전적 한계를 맞닥뜨리게 한다. 거슬러 내려갈 수 없고 시작조차 불분명한 아주 오래전 조상을 탓하게 한다. 원망하게 한다. 증오하게 한다. 왜 그들은 강하지 못했는지, 왜 그만한 재산과 지위를 달성하지 못했는지, 그래서 왜 후손인 나를 인간 방패로 전락시켰는지……. 전쟁터에서 자기보다 훨씬 무거운 철갑을 입고선 졸병처럼 그렇게 생각한다. 조잡한 창을 들고, 상부의 명령을 기다리며. 에어포켓으로 빠져드는 비행기처럼 무력하게, 차가운 공포만을 선명히 느끼면서…….

그러나 총이 있으면 다르다. 총은 위계를 뒤집는다. 방아쇠를 당기는 데는 아무런 자격이 필요 없다. 내면의 증오만 살짝 건드리면 아무리 크고 무거운 몸뚱이도 고깃덩어리로 만들 수 있다. 쇠밧줄처럼 자신을 묶어 두었던 열등감으로부터 벗어난다. 50킬로그램에 불과한 몸뚱이로 400킬로그램에 달하는 짐승을 제압한다. 손가락 움직임 한 번에 수백 년 역사의 탄도학이 작동한다. 그것은 고도로 집약된 문명이다. 오직 사람만이 할 수 있는 일이다.

나는 지금부터 가장 사람다운 방식으로 죽일 것이다. 무엇을? 산을 좀먹는 짐승 한 마리를.

　사거리 편의점 앞에서 현익의 검은 지프차가 색색 소리를 내며 나를 기다렸다. 지루하게 인내하는 지프차의 전조등에서 빛이 뿜어져 나왔다. 나는 보조석으로 다가갔다. 선팅 필름을 붙이지 않은 차창 너머로 오디오 음악 소리에 맞춰 고개를 까딱거리는 현익이 보였다. 창문을 두들기자 나를 확인한 현익이 문의 잠금장치를 풀었다. 나는 보조석에 앉았다. 시끄러운 음악이 내 얼굴로 부닥쳐 왔다. 차가 서행했다.
　"이건 무슨 노래인가요?"
　"몰라요. 그냥 랜덤으로 옛날 메탈 재생시킨 거예요."
　신호에 걸려 차가 잠시 멈췄다. 현익은 내비게이션을 두드려 인근 도시의 실탄사격장을 목적지로 설정했다. 한 시간 거리였다. 차가 다시 출발했다. 전기기타 연주가 크게 울렸다. 나는 조용한 곡으로 바뀔 때까지 기다렸다. 그런데 다음 트랙도 메탈이었다.
　"시끄러운 음악을 좋아하나요?"
　"적막이라면 철물점에서 득도한 수준이니까요. 소리의 밸런스를 맞추기 위해 운전할 땐 시끄러운 음악을 듣고 있습니다."
　반대로 나는 종일 시끄러운 엔진 톱 소리에 묻혀 산다. 조단장과 차를 탈 때면 언제나 라디오 뉴스 채널만 작게 틀고 만다. 시끄러운 음악은 싫다. 그러나 남의 차를 얻어 타는 상황에서 그런 소릴 하고 싶지 않았다. 내 표정은 여간해선 들키지 않는다. 나는 침묵으로 무장하고 타인과 어긋나는 데에 재능이 있다. 차가 지나는 풍경을 바라보았다.

창밖으로 넓게 펼쳐진 산맥은 음악과 어울리지 않게 다정한 얼굴이었다. 그러나 나는 알고 있었다. 그건 척이었다. 산은 영락없이 마을을 보호하는 자세로 실은 아무도 못 빠져나가게 가로막고 있다. 건조하면 쉽게 불이 나고 폭우를 맞으면 금세 민가로 무너져 내린다. 사람들에게 다정하게 굴다가도 어느 순간 혼자 터져 버렸고, 그러면서도 곁을 떠나지 않았다.

실탄사격장은 도시의 공원 깊은 곳에 있었다. 앞장선 현익이 사격장 내부를 살폈다. 문이 잠겨 있었다. 주변을 지나던 남자를 붙잡고 무언가 물었다. 나와 거리가 있어 정확히 무슨 말을 하는지는 들리지 않았다. 남자가 대답을 하자 현익은 크게 실망한 듯 한숨을 내쉬고는 내가 있는 곳으로 다가왔다. 뒤통수를 긁적이며 우물쭈물했다.

"내부 공사 때문에 당분간 휴관이래요."

지프차에 탄 현익은 내비게이션으로 다른 사격장을 찾았다. 미땅한 곳이 없는지 애꿎은 화면만 뚫어지게 노려보았다.

"안 찾아도 돼요."

나는 내 가슴에 대각선으로 고정된 안전띠가 답답해 만지작거렸다. 현익은 오기가 든 것처럼 입을 꾹 다문 채 실탄, 사격장, 사격, 총, 수렵을 검색하다가 뭔가 생각난 듯 내비게이션을 껐다.

"이럴 때 갈 만한 곳이 있어요."

현익은 능숙하게 후진해 주차장을 빠져나왔다. 공원에서 한참 벗어나 구도심으로 진입했다. 미로처럼 복잡한 골목을 망설임 없이 들어섰다. 이제 보니 그는 적막한 시골 철물점보다는 이런 거리가 어울렸다. 지프차가 사설 주차장에서 멈췄다. 나는 현익을 따라 여러 상가가 입점한 건물로 이동했다. 오줌 지린내와 담배에 찌든 냄새가 나는 계단을 올랐다. 3층의 한 업장으로 들어갔다. 여러 조명이 조잡하게 빛나는 오락실이었다.

현익은 지폐를 교환했다. 오락실 맨 끝에 있는 무인 사격기로 향했다. 두 개뿐인 코인 노래방 부스에서 노랫소리가 들렸다. 커다란 게임기 앞에는 아저씨 두 명이 앉아 말없이 조이스틱을 움직였다. 손이 움직이지 않았더라면 꼼짝없이 앉은 자세로 죽은 시체라고 생각했을지도 모른다. 어린애들은 보이지 않았다. 사격은 3000원에 열여덟 발, 4000원에 스물다섯 발이었다. 인형 뽑기 기계만큼 협소한 박스 안에서 여러 개의 표적이 빛났다. 현익은 시범을 보여 주겠다면서 돈을 넣고 자세를 잡았다. 몸의 반동을 줄이려면 견착을 단단히 해야 한다고 말했다. 방아쇠 당기는 속도에 맞춰 표적들이 차례대로 넘어졌다. 전광판의 점수가 올라갔다. 스물다섯 발을 모두 채운 뒤 현익은 아쉽게 일어났다. 이제 내 차례였다.

"가늠자와 가늠쇠를 눈에 일치시켜야 합니다."

내 어깨에 현익의 손가락이 지네처럼 앉았다 손은 내 팔뚝과 팔꿈치를 거쳐 허리까지 내려갔다가 떨어졌다. 나는 개머리판을 얼굴에 가까이 붙인 채 낮게 가라앉았다. 떠들썩하게 빛나는 표적을 향해 방아쇠를 당겼다. 처음은 명중했다가 그다음은 비껴갔고 또 명중했다가 다시 비껴갔다. 다 끝난 뒤 전광판에는 형편없는 점수가 떴다. 위로가 필요하다고 생각했는지 현익이 내 어깨를 감싸 쓰다듬었다. 지나치게 가까이 들러붙은 그의 목소리에 얼마 전 제모한 내 목덜미에 닭살이 돋았다.

"아무래도 저랑 계속 만나야겠네요. 당분간은 다른 약속 잡지 마세요."

며칠 뒤 동네 야산에서 현익을 다시 만났다. 모두에게 뒷산이라고 불리는 곳이었다. 그곳에서 처음으로 실탄사격을 하기로 했다. 어긋나기로 잎을 피운 나무들이 엉성하게 공백을 메우고 있었다. 산에 관해서라면 현익보다 내가 더 잘 알았다. 산에 들어서서는 내가 앞장서서 걷고 현익이 따라왔다. 그가 뒤에서 내 이름을 불렀다. 뒤돌아보자 코앞에 총구가 있었다. 놀라 재빠르게 뒷걸음질 치는 나를 보며 현익이 실실 웃었다. 장난이에요. 그러면서 나에게 겨누고 있던 총을 내렸다. 나는 몇 걸음 앞서 걸으며 또박또박 쏘아붙였다.

"그런 위험한 장난은 하지 말아요."

고지에 도착해 현익은 아무 말 없이 내게 총을 건넸다. 나는 미리 챙겨 온 빈 파인애플 통조림 캔을 바위에 올려놨다. 어깨에 슬링을 두르고 멀찌감치 물러섰다. 저 멀리 흐릿한 캔을 향해 총구를 겨눴다. 오락실에서 쐈던 장난감 소총과 달리 산탄총은 가늠자가 허술했다. 개머리판 길이도 내 몸에 맞지 않게 길었다. 무엇보다 무거웠다. 어깨가 아프고 팔이 떨렸다. 나는 벌목할 때 쓰는 폼 타입 귀마개를 끼고 한쪽 눈을 감았다. 가위 모양으로 갈라진 엄지와 검지 너머 18.5밀리미터의 새까만 구경이 있었다. 한 발로 평균대에 올라선 어린아이처럼 아슬아슬하게 표적을 몰았다. 정면을 주시하면 할수록 깊은 어둠 속으로 빠지는 착각이 들었다. 약실에 장전한 산탄은 붉은색 두 발. 방아쇠를 당겼다. 산탄이 만취한 흉범처럼 삽시에 공명을 쑤시고 달아났다. 동시에 내 몸도 중심을 잃고 흔들렸다.

미미한 여진 안에 잠긴 나는 총을 든 자세 그대로 굳어 있었다. 엔진 톱을 작동시킬 때와는 비교할 수 없는 충격이었다.

귓가에 뜨거운 메아리가 울렸다. 마취총에 맞은 것처럼 기절했던 신경세포가 슬금슬금 깨어났다. 내 어깨를 툭툭 치는 현익의 손길이 느껴졌다. 떠날 듯 말 듯 목적지를 잃은 짐승처럼 내 피부에 달라붙어 좀처럼 떠나지 않는 그 손이…….

들고 온 가방에서 시큼한 김밥 냄새가 났다. 현익과 나는 은박지에 싸 온 김밥을 꺼내 먹었다. 서늘한 바람이 스쳐 지나갔다. 바닥에 쌓여 있던 낙엽들이 잠깐 날았다가 힘에 부친 듯 다시 내려앉았다. 찔레나무 가지에 앉아 이곳을 주시하던 물까치 한 마리가 열매를 물고 비상했다. 푸른 하늘 사이로 푸른 날갯짓이 물에 떨어진 물감처럼 뿌옇게 번지더니 증발했다.

"아까 장난은 미안합니다."

벌써 김밥 한 줄을 다 해치운 현익이 은박지를 구겼다.

"별이 씨도 예전에 철물점에서 저한테 총구 겨눴잖아요. 그래서 그런 장난 좋아하는 줄 알았죠."

나는 아직 절반이 남은 김밥을 충실히 씹었다. 현익은 머리 뒤로 손가락을 교차해 손을 베개처럼 베고 드러누웠다. 다리를 꼰 채 발끝을 까딱거렸다.

"아, 그땐 실탄이 없었나?"

현익은 혼잣말하곤 킥킥 웃었다. 목에서 또 가래 끓는 소리가 났다. 나는 하나뿐인 생수를 입 대지 않고 마셨다. 자기

만의 리듬으로 까딱거리던 현익의 발끝이 멈췄다.

"총 쏠 때 긴장하지 말아요."

비탈을 걸으며 하산했다. 벌써 고즈넉했다. 가는 길에 그는 내게 아까 본 새의 이름을 물었다.

"어떤 새요?"

"그 날개깃 푸른 거 있잖아요."

나는 물까치라고 대답하면서 무리 생활을 하는 새니 사람처럼 본가가 있을 것이라고 덧붙였다. 신발 뒷굽이 낙엽을 짓이기는 소리 사이로 어깨에 멘 총신의 덜컹거림이 끼어들었다. 현익은 지프차로 나를 사거리까지 데려다줬다. 다음에는 다른 산에서 연습하자고 했다. 나는 알겠다고 대답했다. 지프차는 내가 집으로 이어지는 골목 어귀로 들어갈 때까지 그 자리에 붙박인 채 서서 상향등을 깜빡였다.

다시 금산리를 찾았을 때, 사람들은 처참한 오토바이 사고라도 난 듯 한곳에 몰려 있었다. 멀리서 볼 때는 단순히 웅성거리고 있는 줄 알았는데 가까이 다가가 보니 흐느끼고 있었다. 나는 인파 사이를 파고들어 그들이 둘러싼 형체를 바라보았다. 사람이 아니었다. 이 동네의 영물이라던 300년 된 소나무였다. 이파리부터 가지, 거대한 몸통이 새빨갛게 말라서 죽어 있었다. 특별 방제단 옷을 입은 우리 쪽으로 시선이 쏠렸다. 구면인 동네 이장이 다가와 구 씨의 멱살을 잡았다.

"이 씹새끼, 뭘 잘했다고 여길 또 와?"

옷깃을 붙잡힌 채 앞뒤로 흔들리는 구 씨는 난처하면서도 피곤한 낯이었다.

"분명히 멀쩡한 나무였어. 니들이 억지로 구멍 뚫고 이상한 약 주입하기 전에는!"

"나라에서 시킨 거라고 말씀드렸지 않았습니까."

"300년 된 소나무를 나라에서 죽이라고 시켰다고?"

"은근슬쩍 말을 교묘하게 바꾸시는데요. 그 주사는 나무를 지키는 약이지 죽이는 게 아닙니다. 그러니까 나무가 죽은 건 다른 이유 때문이 아니겠느냐고요. 생각을 좀 해 보세요. 그 약은 안전해요. 과학적으로 검증된……."

"닥쳐!"

"……이론을 통해서, 실험을 거쳐 나온 약이라고요. 이 동네에 환자 있습니까? 미친개라든가. 거기서 이상한 병이 옮았을지도 모르죠. 나무도 스트레스를 받습니다. 불상이 아닌데 불상이라고 믿으면서 자꾸 만지작거리면 나무도 그 자리에 일부러 새 조직을 만들어 사람을 쫓아내려고 하죠. 동네 가로수 아무거나 골라서 고갱이 확인해 보세요. 겉으로는 멀쩡해 보여도 속에는 다 골병들어 있습니다. 사람으로 치면 중증 화병 환자인 셈이죠. 나무라는 건, 사람이랑 하능 다를 바가 없어서 언제 자살해도 전혀 이상할 게 없다는 말입니다……."

이장이 주먹을 들어 구 씨를 때리려고 하자 동네 사람들이 말렸다. 여러 명에게 결박당한 채 허우적대는 폼이 꼭 배를 보이며 뒤집힌 먹바퀴처럼 우스웠으나 한편으로는 처절하고 격렬했다. 여기저기서 구 씨를 향해 그렇게 살면 안 된다고 야단했다. 우리는 도망치듯 그곳에서 빠져나왔다. 그러고는 다른 구역의 방제 작업을 먼저 마치고 해가 지고 나서야 나무가 있는 곳으로 돌아왔다. 그 많던 사람들이 홀연히 사라지고 없었다. 우리는 나무를 밑동만 남기고 전부 잘라 냈다. 자른 나무를 트럭 뒤편에 싣고 빠르게 떠났다.

며칠 뒤 그곳을 다시 찾았을 때 동네 사람들은 밑동만 남은 나무 앞에 제사상을 차려 놓고 절을 하고 있었다. 그때 나는 현익과 함께 사격 연습을 할 만한 산을 찾아 드라이브를 나온 참이었다. 잠시 차를 세워 두고 제사를 구경했다. 방제 단복을 입지 않았기 때문인지 아니면 거리가 꽤 멀어서인지 나를 알아보는 이는 없었다. 누군가 절을 두 번 하고 울었다. 팔등으로 콧물을 닦으면서 뭉개진 발음으로 무슨 말인가를 했다. 그러자 시름이 주변으로 번진 듯 전부 소리 내어 울고 말았다.

남색 잠바를 입은 여자가 무리에서 떨어져 나와 그 주변을 서성거렸다. 제사 공간으로는 끼어들 생각이 전혀 없어 보였다. 이 나라 사람은 아닌지 이질적이면서 앳된 인상이었다. 내 시선은 어느새 제사상에서 여자로 옮겨 갔다. 여자는 근처에 있는 연탄재 수거함을 열었다. 그 안을 확인한 뒤 재빠르게 주황색 플라스틱 뚜껑을 닫았다. 잠바 주머니에 양손을 넣고는 제사상 쪽은 쳐다보지도 않고 자리를 떴다.

통조림 캔처럼 꽉 밀폐된 철물점은 우리만의 공간이었다. 나는 턱을 괴고 앉아 현익이 총기를 손질하는 모습을 구경했다. 우듬지처럼 거칠게 생긴 손이 총을 분해하고 브러시를 총열 내부로 쑤셔 넣었다. 총열 안을 파고들었다가 빠져나온 브러시에 탄매가 묻어났다. 아무도 입을 열지 않아 도구들이 맞부딪치는 소리가 크게 들렸다. 현익은 천으로 부품들을 닦은 뒤 다시 제자리에 고정했다. 기름 묻은 손을 행주로 닦으며 내게 요즘 일은 어떤지 물었다. 나는 잠시 고민하다가 얼마 전 함께 보았던 그 밑동뿐인 소나무에 대해 말했다. 실은 그 소나무를 내가 베어 냈다고. 소나무등벌레 예방주사를 놓고 나서 나무가 죽었다고 말했다. 그리고 덧붙였다.

"아마 그 주사 때문은 아닐 거예요. 똑똑한 사람들이 개발한 약이니까요."

나는 별로 중요하지는 않다는 듯이, 그러나 한 음절 한 음절 혀에 힘을 주이 그 밀을 발음했다. 현익은 총을 다시 스탠드에 걸었다.

"마을 사람들에게는 나무가 살아 있는 부모나 마찬가지였던 거겠죠."

"당신은 제 발음을 잘 알아듣는 것 같아요."

갑작스러운 내 말에 행주를 접던 현익이 나를 의아하게 쳐다보았다.

"발음이요?"

"네. 다른 사람들은 인상을 찌푸리거나 여러 번 되묻거든요."

"그래요? 한 번도 생각해 본 적 없는 지점인데……."

"저는 말을 하거나 들을 때 항상 아나운서를 떠올려요. 그녀는 무표정하게 마이크 앞에 앉아 있지요. 또박또박 발음하는 모습을 상상하며 제 혀를 움직여요. 하지만 힘이 들어가야 할 무분에서…… 부문에서……."

"천천히 말해도 돼요."

"……곳에서 힘이 빠지고, 반대로 힘이 빠져야 할 곳에 힘이 들어가길 반복해요. 미안해요, 말을 조금 길게 하다 보니……. 정확히 또박또박에서부터 발음이 꼬였는데 티가 많이 나지요?"

"전혀요. 그런데 한번 의식하고 나니까 발음이 꼬이는 것 같기도 하고."

내가 어깨를 움츠리자 현익이 손바닥을 부채꼴 모양으로

저었다.

"근데 알아듣는 데에는 전혀 문제가 없었어요."

"전 그게 그냥 신기하다고 말하고 싶었어요."

"나도 모든 사람의 말을 알아듣는 건 아닙니다. 아버지랑 대화할 땐 서로 통하는 문장이 몇 개 없었거든요."

현익은 의자를 끌어당겨 앉았다. 계산대를 사이에 두고 나와 마주 보고 앉아 꼭 모던 바 같은 분위기가 되었다. 벽장에는 각종 양주 대신 재단용 가위와 다용도 커터 나이프, 파이프 커터가 걸려 있었고, 다트 판이 있을 법한 자리에는 LPG 조정기와 탄산가스 유량 조정기 박스가 가득 쌓였다. 그나마 계산대 뒤편에 걸린 헌팅 트로피가 제법 모던 바에서 볼 법한 느낌을 자아냈다. 내가 앉은 자리에서는 박제된 사슴과 항상 눈이 마주쳤다. 나는 단춧구멍처럼 시꺼먼 시선을 외면하고 현익에게 집중했다. 죽은 짐승의 얼굴 아래에서 현익은 나에게 아버지 이야기를 해 주었다.

현익의 아버지는 작곡가였다. 그의 인생 황금기는 현익이 태어나기 5년 전 통신사 시엠송을 짧게 대박 터트린 뒤 끝났다. 마흔이 넘은 나이에 스무 살 어린 아내와의 사이에서 현익을 낳은 뒤 인천의 작은 섬에서 기가제 음악 교사로 근무했다. 성정이 게을렀다. 수업에 뻔질나게 지각했으며 종종 애들에게 자습을 시켜 놓고 술 취한 채로 샀다. 계약 기간의 절반을 막 채웠을 때 학교에서 잘렸다. 그때 현익은 네 살이었다. 같은 시기 어린 아내는 친정 엄마의 전화를 받았다. 가출하듯 결혼해 버린 딸을 아무 조건 없이 받아 주겠다는 말에 그대로 육지로 떠났다. 그리고 다시는 섬에 찾아오지 않았다. 가위로 도려내듯 완벽한 이별이었다.

그 섬은 육지에 비하면 여름 기온이 제법 낮았다. 그러나 열세 살에 맞이한 여름방학은 드물게 찜통더위가 이어져 뉴스에도 여러 번 나왔던 것으로 현익은 기억한다. 집에는 에어컨조차 없었다. 현익은 친구들과 면사무소로 피신했다. 직원들의 따가운 눈초리를 모르는 척하며 꿋꿋하게 에어컨 앞에 서서 냉풍을 정면으로 맞았다. 땀을 한참 식히고 난 다음에는 사무소 이곳저곳을 구경했다. 친구 하나가 재미 삼아 가족관계증명서를 뽑고 있었다. 너도 뽑을래? 원래 부모님이 같이 와야 하는데 이번엔 그냥 뽑아 줄게. 계장이 말했다. 현익은 꼬깃꼬깃하게 구겨진 1000원짜리 지폐 한 장을 주머니에서 꺼내 증명서를 발급받았다. 같은 성의 남자 두 명과 다른 성의 여자 한 명이 새겨져 있었다. 현익은 자녀 자격으로 여자의 초본을 뽑았다. 한 번도 가 본 적 없는 그 여자의 주소를 한참 동안 뜯어보았다.

해가 지기 전 학교 앞 문구점에서 편지지 세트를 샀다. 유럽풍의 이름 모를 마을이 그려진 종이 위에 글자를 써넣었다.

엄마, 안녕하세요. 저 현익이에요. 그리고 봉투에 밀봉해 다음 날 우체통에 넣었다. 편지 내용은 그날 있었던 일로 채워졌다. 시험에서 높은 점수를 받았다거나 친구랑 딱지치기를 해서 이겼다거나 축구하다 발목이 삐어 수업에 안 가고 보건실에서 쉬었는데 너무 좋았다거나 하는 사소한 것이었다. 열 통을 보내는 동안 한 번도 오지 않던 답장은 열한 통째 보낸 다음 날 도착했다. 등기로 온 우편의 발신인에는 어머니의 이름이 정확히 적혀 있었다. 현익은 아버지 몰래 편지를 들고 방에 들어갔다. 문을 닫은 뒤 숨을 크게 내쉬었다. 조심스럽게 봉투를 뜯어 보았다. 노트를 막무가내로 찢은 듯한 종이에는 간결한 부탁이 담겨 있었다.

편지 그만 보냈으면 좋겠다. 너 때문에 너무 곤란해.

이후 현익이 보낸 세 통의 편지는 전부 반송됐다. 현익은 아직 쓰지 않은 새 편지지들을 들고 학교 뒤편 쓰레기장으로 갔다. 한 장 한 장 전부 찢어 버렸다. 그리고 울었다.

섬에는 주기적으로 아버지의 여자 친구들이 찾아왔다. 그들은 보통 두 달 정도 머무르다가 현익과 친해졌다 싶으면 사라졌다. 중학교 3학년, 현익은 아버지의 여자 친구들에게 정을 주지 않기로 다짐했다. 20대든 30대든 못생겼든 예쁘든 현익은 손님 지갑 다 뜯어먹고 아쉬운 거 없는 뒷골목 삐끼처럼 그들을 냉안시했다. 내 엄마도 아니면서 참견하지 마세요. 여자들은 대개 참다가 마지막에 현익에게 에미 없는 새끼라고 욕하며 떠났다.

고등학교를 졸업한 현익은 입대를 앞두고 혼자 경기도의 한 신도시를 찾아갔다. 한 번도 타 본 적 없는 광역 버스에 올라타서 몇 정거장을 지나 간선 버스로 갈아탔다. 창가 의자에 앉아 타고 내리는 사람들을 무표정하게 바라봤다. 이윽고 목적지에 도착해 버스에서 내렸다. 인적 드문 주택가를 둘러봤다. 한때 꼬박꼬박 편지를 보냈던 곳. 현익은 주택 앞에 붙은 도로명 주소 표지판을 하나씩 확인하며 언덕을 올랐다. 기억 속 숫자에 가까워질수록 심장이 빠르게 뛰었다.

엄마, 안녕하세요. 저 현익이에요. 오늘은 미술 시간에 가족 그리기를 했는데요. 저는 엄마 얼굴이 기억나지 않아 못 그렸어요. 울지는 않았고요. 그냥 엄마가 보고 싶어서요. 엄마, 안녕하세요. 저 현익이에요. 엄마, 정말 저를 버렸나요? 아빠가 그러는데 저는 버려질 만해서 버려진 거래요. 저는 그 말이 진짜라고 생각하지 않아요. 엄마도 어디선가 저를 생각하고 있겠죠? 엄마, 안녕하세요. 저 현익이에요. 오늘도 너무 보고 싶어요. 얼굴도 모르고 이름만 아는 엄마를 사랑해요. 나에게도 엄마가 있다는 생각을 하면 저는 언제든지 강해질 수 있어요. 진짜로요.

언덕 한가운데서 현익은 멈췄다. 멀지 않은 곳의 붉은 벽돌 주택 앞에서 한 중년 여자가 교복을 입은 남자애의 등을 꾸짖듯 때리고 있었다. 대문이 열리자 둘은 안으로 들어갔다. 그 집 담벼락에 붙은 도로명 주소를 확인한 현익은 어이없다는 듯 웃었다. 뭘 기대한 거지. 뒤돌아섰다. 돌아가는 길은 내리막이었다. 다시는 이곳에 찾아오지 않겠다고, 아무도 듣지 못할 다짐을 이 악물고 읊조렸다.

아버지의 마지막 애인은 현익과 동갑인 몽골 여자였다. 두 사람은 울란바토르로 떠나 결혼식을 올렸다. 비슷한 시기 군대를 전역한 현익은 인천공항 근처 리조트에 하우스 키퍼로 취직했다. 매일 아침 6시마다 농협 영농자재센터 앞에 정차하는 붉은 관광버스를 타고 두 개의 철교를 지났다. 버스는 리조트의 다양한 직군으로 언제나 만원이었다. 모두가 같은 자세로 잠든 버스에서 현익은 이어폰 볼륨을 최대치로 높이고 창밖을 바라보았다. 리조트에 도착하면 직원들은 머릿니 털듯 아침잠을 거칠게 쫓아내고 각자의 부서로 흩어졌다.

아침마다 팀장이 나눠 주는 종이에는 객실별 체크아웃 현황이 나열되어 있었다. 연두색 형광펜이 칠해진 7층부터 10층까지는 현익의 담당 구역이었다. 보통은 한 사람당 한 층을 담당하지만 일 처리가 빠른 현익은 남들보다 더 많은 층을 맡았다. 객실을 돌아다니며 침구 시트를 갈아 끼웠다. 끌고 다니는 카트에 금방 헌 시트들이 쌓였다. 현익이 나온 방으로 아줌마들이 청소기를 끌고 들어갔다. 비스듬하게 열린 객실 문 너머로 청소기 돌아가는 소리가 들려왔다. 현익은 헌 시트 위에 앉아 그 소리를 들었다.

아버지가 한국에 다시 들어온 건 큰아버지가 죽고 한 달이 지났을 때였다. 형으로부터 물려받게 된 철물점을 확인하기 위해서였다. 현익의 큰아버지는 결혼하지 않아 가족이라고는 동생 하나뿐이었다. 법송군은 형제의 연고지가 아니었다. 젊은 시절 어머니의 목돈을 훔쳐 가출한 큰아버지가 무작정 뿌리를 내리고 산 동네였다. 현익의 아버지는 그동안 말로만 들어 본 철물점의 실물 앞에서 허무하게 작아졌다. 그는 노동은커녕 자신이 내는 세금의 이름조차 모르고 산 남자였다. 전장의 창칼처럼 거칠게 공간을 차지하고 있는 이름 모를 쇳덩어리들은 피부에 닿는 것만으로 그의 연약한 몸뚱이를 가늘게 부숴 버릴 것만 같았다.

아버지는 철물점을 팔기로 했다. 중개 과정에서 수상한 업자가 달라붙었다. 돈이라면 아버지보다 더 열심히 벌어 본 현익이 끼어들었으나 현익에게 귀를 닫은 지 오래인 아버지는 모든 걸 업자에게 맡기고 울란바토르로 떠났다. 그러나 얼마 지나지 않아 현익도 울란바토르로 가게 되었다. 아버지가 깡패에게 구타를 당해 식물인간이 되었다는 전화를 받았기 때문이다. 처음 타 보는 비행기는 아침 6시 먼동을 뚫으며 질주

하는 붉은 관광버스와 놀랍도록 흡사했다. 협소한 자리, 입을 닫은 승객들, 시끄러운 엔진 소리……. 차이라면 머리를 바짝 묶은 승무원이 돌아다니고 화장실이 있다는 거였다.

네 시간 남짓 비행으로 도착한 공항에는 아버지의 애인이 나와 있었다. 임신 24주 차라는 얘기를 듣지 않았으면 몰랐을 만큼 앙상하게 마른 몸이었다. 병원으로 가는 택시 안에서 현익은 곁눈질로 그녀를 훔쳐보았다. 누가 밑에서 당기는 것처럼 축 처진 얼굴 살과 이마부터 턱까지 이어지는 황토색 기미, 흙이 검게 낀 손톱, 머리카락으로 최대한 가려도 소용이 없는 귓바퀴 옆 500원 동전만 한 크기의 원형탈모……. 그녀는 자기 남편의 상태가 얼마나 심각한지 서툰 한국어로 더듬더듬 말했다. 현익은 우는 여자를 보는 듯 여자 너머 창밖으로 시선을 돌렸다. 울음에 젖은 목소리를 들으며 몽골이 자기 나라 도시랑 비슷하게 생겼다는 생각을 했다.

병원은 시멘트가 변색되고 금이 죽죽 간 3층짜리 건물이었다. 현익은 아무도 지나다니지 않는 어두운 복도를 여자를 따라 천천히 걸었다. 맨 끝에서 두 번째 병실 앞, 그림 같은 문자로 환자 이름이 붙어 있었다. 아버지 이름일 것이다. 현익은 침을 꿀꺽 삼켰다. 알루미늄 블라인드가 드리워진 1인실에 아버지는 화분처럼 얌전히 누워 있었다. 얼마나 맞았는지 얼굴이 형체를 알아보기 어려울 정노로 둥둥 부어 있었다. 블라인드 그림자 사이사이 일광이 침투하는 자리마다 먼지가 반짝거렸다. 정적 속에서 아버지의 눈동자가 부유하는 먼지를 따라 바쁘게 움직였다.

현익은 무의식적으로 침대 앞 거울로 시선을 옮겼다. 사각형 안에 통기타를 든 젊은 남자와 어린 자신이 갇혀 있었다. 다시 침대를 바라보면 이제는 기타를 칠 수 없는 나이 든 남자가 있었다. 굳은살이라고는 기타 현을 잡는 손끝만이 전부였던 몸에 드디어 얼룩덜룩한 링거 바늘 자국이 남았다. 나가 주시겠습니까? 현익은 등 뒤의 여자에게 그렇게 말했다. 여자가 잠깐의 망설임 끝에 뒤돌아 나가고 문이 닫혔다. 현익은 메고 온 가방을 간이침대에 올린 뒤 그 옆에 앉았다. 마디마다 굳은살이 박인 자기 손을 내려다보았다. 문이 꽉 닫혀 밀폐된 방에서 먼지만이 두 사람 사이를 부유했다.

"요즘 리조트에서 이불 시트 정리하는 일을 하고 있습니다. 특별히 벌이가 좋은 일은 아녜요. 담당 객실이 많다고 해서 따로 챙겨 주는 보너스도 없고요. 점심이랑 셔틀버스가 공짜인 건 마음에 듭니다. 밥이 꽤 맛있게 나오거든요. 저는 어릴 때 학교도 밥 먹으려고 다녔어요. 그냥 아줌마들이 챙겨 주는 게 좋아서요. 여자 취향이 그쪽이란 말은 아닙니다. 예전에 열 살 연상이랑도 만나 보긴 했지만. 고정된 취향은 없어요. 그냥…… 엄마가 있으면 이런 기분이었겠구나 생각이 들뿐이에요. 며칠 전에는 청소하던 아줌마가 갑자기 불러서 가보니 거기서 다들 수박을 나눠 먹고 있어요. 투숙객이 남기고 간 수박을 저한테도 먹이려는 거죠. 아줌마들은 원래 오지랖이 넓잖습니까. 그런 게 좋아서 저는 이 일을 합니다. 저한텐 그런 어머니가 없었으니까. 그리고 아버지두……."

현익이 자기 손의 굳은살을 만지던 움직임을 멈췄다. 반쯤 잠긴 목으로 간신히 숨을 내뱉었다.

"의문이에요. 왜 내 부모는 나를 사랑하지 않았는지……. 어째서 애를 낳아 놓고는 자기 인생이 망한 것처럼 굴었는지……."

아버지의 눈동자는 여전히 먼지를 붙잡았다가 놓치기를 반복하고 있었다.

"저 여자 뱃속에 내 동생이 있다더군요. 근데 모르는 거죠. 내 동생이 다른 곳에 더 있을지는. 아버지는 쉬지 않고 연애를 했잖아요? 섬에 들어온 여자 중 누군가는 아이를 배서 나갔을 수도 있죠. 정말 신기했습니다. 어떻게 여자들이 아버지 같은 사람을 기꺼이 좋아해 주는지. 가난한 예술가에게 모성애라도 느낀 걸까요? 저는 예술과 거리가 멀어 누구에게도 모성애의 대상이 되지 못했나 봅니다. 전 그런 데에 진짜 재능이 없어요. 아버지한테 물려받은 기질이 없나 봐요. 영화도 부수고 때리는 것만 골라서 봅니다. 화려하면 더 좋고요. 글이라면 그나마 사정이 좀 괜찮을시도요. 어머니에게 꼬박꼬박 편지를 썼으니까……. 그런 글도 예술이라는 범주에 들어가는지 모르겠지만. 아버지도 실은 알고 있지 않았습니까? 제가 어머니에게 편지를 썼다는 사실을 말입니다. 아버지는 정말 놀라울 만큼 제게 아무런 간섭도 하지 않더군요. 제가 죽었으면 아버지는 슬퍼했을까요? 관심이라도 받았을지, 한 번쯤 죽어 보는 것도 좋지 않았을까 아쉬움이 들기도 합니다. 지금 아버지처럼 재수 없이 반송장이 되는 데에 그쳤더라면 분명 버려지고 말았을 테지만…… 그래도 재수가 좋았으면 정말 죽을 수도 있었겠죠. 장례식에서 무너지는 아버지를 상상하면서 제 마음속 공백을 채우며 살아왔다는 걸, 아버지는 들으면 이해할 수 있으려나요……."

시간이 꽤 흘렀다. 바닥에 비친 블라인드의 그림자가 처음보다 길어졌다. 현익은 떠나기 전 병실을 다시 한번 둘러보았다. 공간의 채도도 온도도 변했는데 아버지의 누워 있는 자세와 침묵만은 그대로였다. 영원히, 아버지와는 어떤 말도 상호 교환할 수 없다는 것을 깨달았다. 그가 식물인간이라서가 아니었다. 멀쩡한 몸으로 같은 언어를 쓸 때도 마찬가지였다. 시작부터 잘못된 관계일 뿐이다. 밖으로 나오니 복도 의자에 웅크리고 누워 잠든 여자가 있었다. 이 여자의 서툰 한국어를 아버지는 이해할까? 아버지는 몽골어를 배울 의지가 조금도 없었을 텐데. 그래도 이 여자가 나보다 아버지의 말을 잘 이해할까? 현익은 여자에게 인사하지 않고 병원을 떠났다.

한국에 돌아온 지 한 달이 되었을 때 아버지가 죽었다. 현익은 울란바토르로 가지 않았다.

1년 뒤 몽골 여자는 아기를 안고 한국을 찾아왔다. 그때 현익은 업자에게서 큰아버지의 철물점을 되찾아 막 일을 시작한 참이었다. 여자는 이 철물점이 자기 거라고 했다. 피상속인의 배우자였기 때문이다. 그러나 법원은 여자를 배우자로 인정하지 않았다. 아버지는 여자를 위한 어떤 법적 서류도 작성한 적이 없었다. 변호사 선임 비용에 전 재산을 쓴 여자는 법원 판결을 듣자마자 큰 소리로 울었다. 품에 안겨 있던 어린 아들도 덩달아 울었다. 여자는 현익을 손가락으로 가리켰다. 전보다 뚜렷해진 한국어 발음으로, 받침 하나 새어 나가지 않도록, 현익의 얼굴을 정확히 주시하며 또박또박 힘줘 말했다.

"당신을 영원히 저주해요. 당신은 어느 날 머리통에 총 맞아 죽어요. 피범벅이 된 얼굴로 개새끼같이 괴로워하다가 자기 뇌 조각을 보고 숨이 막혀요. 반드시 끔찍하게 죽어요. 만약 살아 있다면 다 큰 내 아들이 당신의 머리통에 구멍을 만들어요."

"그래서 그 여자는 지금 어떻게 지내나요?"

내가 물었다. 현익이 어깨를 으쓱했다.

"아들이랑 잘 지내겠죠? 몰라요."

세 명의 남자와 한 명의 여자가 얽힌 철물점. 내가 항상 필요로 하는 물건들이 있는 이곳. 현익은 자기 안의 현을 조율하듯 뜸을 들이더니, 울타리가 내려간 침대에서 떨어져 죽은 아기 이야기를 아느냐고 뜬금없이 물었다. 내가 뉴스에서 봤다고 대답하자 현익은 낙엽처럼 건조하게 웃었다. 그는 나에게 후속 뉴스를 들려주었다. 아기의 부모는 어렸다. 자식에게 관심이 없었다. 아버지는 옷방에서 헤드셋 볼륨을 최대치로 올린 채 온라인 게임에 몰두했고, 어머니는 욕실에서 반신욕을 하다가 잠들었다. 그사이 아기는 밑으로 떨어져 코를 바닥에 박은 채로 허우적거렸다. 그리고 잠잠해졌다.

"울타리 말입니다. 정말 그것만 있었더라면 죽지 않았을 텐데……. 그죠?"

말을 마친 현익이 나를 넌지시 바라보았다. 평생 울타리를 필요로 했던 자의 눈빛. 그는 내게도 같은 결핍이 있으리라고 믿는 게 틀림없었다. 그러나 나는 오래전 울타리에서 스스로 도망쳐 나왔다. 망가진 손발톱을 질질 끌며.

철물점 곳곳에서 기름 냄새가 풍겼다. 나는 주머니에 손을 집어넣고 성인 가요방 라이터를 만지작거렸다. 허공에 대고 라이터 불을 붙이면 건물이 전소할 것 같았다. 현익의 상체가 내 앞으로 크게 기울었다. 서로의 코끝 사이에 종이 한 장만큼의 간격이 남았다. 나는 라이터를 일부러 놓쳤다가 다시 잡으며 고개를 피했다. 현익의 얼굴이 아쉽게 뒤로 물러났다. 라이터도 내 손에서 주머니 속으로 다시 떨어졌다.

침대에서 떨어져 죽은 가여운 아기. 그러나 어딘가에는 침대 울타리에 얼굴이 끼여 죽는 아기가 있다.

석 달 동안 쉬지 않고 시끄럽게 돌아가던 실외기들이 일제히 멈췄다. 습기가 물러난 길거리는 이제 외투 없이 늦은 저녁에 나가면 닭살이 돋을 정도로 쌀쌀해졌다. 가정집마다 여름옷 정리를 미제로 남겨 두는 사이, 나무들은 잽싸게 옷을 갈아입고 누런색이나 붉은색이 되었다. 자동차가 지나간 자리 주변으로 버짐같이 푸석한 낙엽들이 어울리지 않게 나비 흉내를 내며 날아올랐다. 소나무도 장갑 정도는 꼈다. 침엽 끝이 흙탕물에 잠겼다가 빠져나온 것처럼 색이 바랬다.

나는 직접 그린 지도를 들어 올렸다. 눈앞의 산이 딱 에이포 용지만큼 가려졌다. 볼펜으로 한반도 지형을 그린 뒤 다나의 예상 경로를 표시해 둔 종이였다. 나는 붉은색으로 표시한 부분들을 가리키며 다나가 한 달 전 여기를 지나 지금은 이곳에 도달했을 것이라고 설명했다. 내 검지 끝이 쿡쿡 찌르는 지점은 법승군에서 70킬로미터가량 떨어진 지역이었다. 고속도로로는 그다지 먼 거리가 아니지만 두 다리로 직접 산을 타고 걷다가 중간에 먹고 자고 쉬어야 하는 다나에게는 까마득한 여정일 것이다. 다나가 법송군에 오려면 아직 한참 남았다. 나는 들고 있던 지도를 내렸다. 에이포 용지만큼 가려져 있던 산의 일부가 드러났다.

"잡는다던 짐승이 다나입니까?"

"네."

나는 지도를 둥글게 말아 노란 고무줄로 묶었다. 배낭에 넣은 뒤 습관처럼 왼쪽 어깨의 슬링을 확인했다. 총의 손잡이 부분을 한 번 쓸어 만졌다.

"다나일 거라고는 생각도 못 했는데요. 이유가 있습니까?"

"소나무 병해충의 매개체여서요."

"나라에서도 수색하고 있지 않나요?"

"다나를 아직 유해 야생동물로 지정하지 않았어요. 그와 무관하게 저는 오래전부터 제 손으로 다나를 죽이고 싶었어요."

높지도 낮지도 않은 우거진 동네 야산은 입구가 없었다. 아무 길로 무작정 쳐들어가는 게 유일한 입산 방법이었다. 당돌한 경사를 딛고 오르다 보니 평평한 구간이 나왔다. 내가 태어나 살던 연리재도 이런 곳이었다. 여기보다는 해발이 더 높았다. 나는 표적으로 삼을 만한 짐승을 찾아 주변을 바쁘게 돌아보았다. 그러다 미지의 형체를 발견하고 총구를 겨누면 그 형체는 순식간에 사라지고 숲만 남아 있었다. 특별히 목적지를 정하지 않고 우리는 다시 숲속을 걸었다.

"왜 별이 씨가 다나를 직접 죽여야 하는 겁니까? 오래전부터 죽이고 싶었던 이유가 뭔가요?"

대답 없이 조금 더 걷다 빠르게 몸을 낮췄다. 지면에서 묘한 미동이 느껴졌다. 번가 아래로 들쥐가 바쁘게 굴을 파고 있었다. 밤이면 꼼짝없이 올빼미의 먹이였겠으나 다행히 지금은 낮이었다. 나는 조금 떨어진 곳의 토석을 훑어보았다. 바위 사이로 붉은색 뱀 한 마리가 대가리를 내밀고 있었다. 녀석은 들쥐를 보며 끝이 두 갈래로 갈라진 혀를 기민하게 날름거렸다. 나는 팔을 옆으로 길게 뻗어 움직이려는 현익의 몸을 막아 세웠다. 턱끝으로 뱀이 있는 곳을 가리켰다. 독뱀이었다. 저 들쥐는 올빼미를 피해 일부러 낮에 집을 만들려던 모양인데, 이렇게 걸린 걸 보니 처음부터 죽을 운명이었던 것 같다.

그물코마다 붉은 구슬을 끼운 망처럼 화려하게 생긴 뱀의 가죽이 흑갈색 흙을 부드럽게 지났다. 솜뭉치같이 작은 몸뚱이가 수상한 기척에 멈칫한 찰나 뱀은 순식간에 들쥐의 몸을 휘감았다. 그리고 아가리를 쩍 벌려 들쥐의 대가리를 욱여넣었다. 세련된 생김새와 다르게 식사 방법은 미련스러운 짐승이었다.

포식한 뱀이 사라지고 우리는 나시 숲속을 걸었다. 그때 달

팽이관이 터질 듯 거대한 총성이 들렸다. 동시에 내 광대 바로 옆을 스쳐 지나간 것은 어린아이가 장난삼아 연못에 던진 돌멩이 따위가 아니었다. 내 뒤편 나무에 뚫린 구멍의 모양이 언뜻 물수제비 같긴 했지만. 나는 총알이 날아온 방향으로 고개를 돌려 광망하게 펼쳐진 맞은편 숲을 바라보았다. 도심의 전선처럼 잔뜩 헝클어진 수천 개의 나뭇가지 너머에서 분명 엽사가 쏜 총알이었다. 뒤에서 내 그림자만 밟던 현익이 급히 다가와 괜찮냐고 물었다. 나는 멀쩡했다. 여기서 더 안으로 들어가면 위험할 것 같다고 현익은 말했다. 그러고는 나를 이끌고 내리막을 향해 걸었다. 오래지 않아 나타난 막다른 길에 당황한 현익 대신 앞장서는 것은 다시 내 역할이 되었다. 산은 길이 없는 바다나 가짜 길로 현혹하는 미로 같은 게 아니다. 비뚜름한 경사가 정직하게 출구를 알려 주고 있다. 풀숲을 헤치고 산 아래로 완전히 빠져나왔을 때 현익은 내가 정말 산에 대해 잘 아는 것 같다고 말했다. 영림단원 중에서도 손꼽히게. 나는 별 대꾸 없이 지프차로 향했다.

"아까 산에 있었지?"

개 비린내를 맡은 찰나 중년의 남자가 통성명도 없이 대뜸 말을 걸어 왔다. 베이지색 체크무늬 남방에 검은 통바지, 군청색 장화를 신고 어깨에 내 것과 비슷한 산탄총을 이고 있었다. 발치의 사냥견은 쇠사슬에 목이 묶인 채로 혀를 길게 내밀고 헥헥거렸다. 그는 개가 움직이지 못하도록 잡고 있던 목줄을 일부러 더 팽팽하게 당겼다.

"멀리서 보고 멧돼지인 줄 알았잖아. 당신들 하마터면 진짜 죽을 뻔했어."

본인의 오판에 대한 미안함은 전혀 찾아볼 수 없는 얼굴이었다. 오히려 꾸중하듯이 과장되게 쯧쯧 혀를 차며 우리의 얼굴과 어깨에 멘 총을 훑어보았다.

"당신들도 사냥하려고 온 거야? 개도 없이 무슨 사냥을 하겠다고 그래. 짐승은 그렇게 쉽게 잡을 수 있는 게 아니라고. 무식하게 몸만 끌고 와서는. 하여간 요즘 것들은 산 무서운 줄을 모르니……."

개가 꿈틀거리자 그는 목줄을 다시 한번 잡아당겼다.

"내일부터는 이쪽으로 안 오는 게 좋아. 나라에서 헬기로 농약을 뿌린다고 했거든. 약 이름이…… 뭐더라? 아무튼 괜히 왔다가 봉변당하지 말라고. 비도 아니고 약이 웬 말이야……. 어이, 당신들, 내 말 듣고 있어? 다 내가 생각해서 말해 주는 거야."

특별 방제단 사무실 중앙 테이블 위에는 어제 있었던 일들이 고스란히 남아 있었다. 꽁초가 가득 꽂힌 크리스털 재떨이와 과학실 개구리처럼 해부된 과자 봉지들, 이 봉지와 저 봉지 사이 촘촘히 떨어진 과자 부스러기, 일회용 접시 위에 초라하게 남은 감 껍질……. 껍질 주변으로 날파리 두 마리가 어슬렁거렸다. 앞발을 비비며 이리저리 탐색하고 고개를 까딱거렸다.

"저것들 또 시작이네."

창가에 서서 커피 믹스를 마시던 구 씨가 읊조렸다. 나는 굽히고 있던 허리를 펴 창문 너머를 구경했다. 국유림 관리소 맞은편에 환경 단체가 서 있었다. 인원은 어림잡아 열댓 명. 들고 있는 현수막에는 '무분별한 화학 방제가 산림을 훼손한다!'라는 문장이 인쇄되어 있었다. 특히 '화학 방제' 부분이 눈이 아플 정도로 붉은색이었다. 앞줄의 여자가 유선 마이크를 들었다. 그녀가 선택한 거친 단어들이 앰프를 통해 튀어나와 관리소 건물로 다닥다닥 붙었다. 듣는 이의 화를 돋우려고 작심한 목소리였지만 관리소 내 누구도 그만큼의 분노를 느끼지 않을 것이다.

날파리가 말라비틀어진 감 껍질에 대가리를 갖다 대고 쿵쿵거렸다. 나는 그 앞에서 장난삼아 손을 움직여 보았다. 그러자 작은 몸통이 뒤도 돌아보지 않고 먼 곳으로 날아갔다.

바깥은 분노로 넘실거렸다.

"소나무등벌레병 예방이라는 건 말장난에 불과하다. 맹독성 물질을 함유한 약품을 고집하는 것은 기업과의 위탁 관계

때문이 아닌가? 무분별하게 뿌려진 살충제는 먼 훗날까지 토양에 잔류해 생태계를 교란할 것이다. 우리 숲을 살리기 위해서는 지금이라도 산을 혼합림으로 바꾸어야 한다. 특정 수종으로만 채워진 단순림은 건강하지 못하고 당연히 소나무등 벌레 같은 병해충에도 취약할 수밖에 없다. 우리는 정부에 세 가지 사항을 요구한다. 하나, 정부는 지금까지 연구 개발 목적으로 쓰인 국민 세금의 행방을 소상히 밝혀라. 하나, 특별 방제단을 해체하고 혼합림 조성단을 설치하라. 하나, 다나는 이 땅에 강제로 끌려온 피해자다. 다나에 대한 악마화를 멈춰라."

날파리 두 마리가 금방 다시 돌아와 감 껍질을 탐냈다. 몸통이 햇빛을 받아 시냇물 자갈처럼 아주 살짝 빛나다가 다시 흐릿해졌다. 앰프 진동이 건물에 부딪혔다가 증발하기를 반복했다. 끝도 없이 날카로운 단어들이 넘쳐흘렀다. 고심해서 골랐을 그들의 말이 너무 우스워서 나도 모르게 웃음을 터뜨렸다. 한번 입 밖으로 비소를 내뱉자 걷잡을 수 없는 감정이 내장을 타고 올라왔다. 이내 참을 수 없이 모든 장기가 간지러워져 입을 크게 벌리고 와하하 소리 내어 웃었다. 구 씨를 비롯해 같은 공간에 있던 특별 방제단 사람들이 모두 나를 쳐다보았다. 그동안 한마디 말도 제대로 안 하던 여자가 갑자기 웃는다. 미친 사람처럼 보일 줄을 알면서도 나는 참을 수 없었다. 턱관절이 아플 정도로 상악과 하악을 크게 벌리고 웃었

다. 정말, 정말 너무나 우스웠다. 다나에 대한 악마화를 멈추
라니…….

내 손발엔 버젓이 누리끼리한 손발톱이 자라고 있다. 나의
생존은 다나의 학대가 빚어낸 공예다. 나를 여기까지 자라게
한 것은 시꺼먼 증오로 덮인 토양이다. 어떤 딸은 엄마에게
복수하기 위해 살아남는다. 내 엄마가 악마가 아니라면 나는
누구에게 어떤 일을 당한 것인가. 엄마 말고는 누구에게도 학
대당하지 않았다. 손톱과 발톱이 뽑히지 않았다. 바깥을 구경
하려다가 감금당하지도 않았다. 밤중에 품속에 갇혀 울지도
않았다. 사람을 떠올릴 때 내 안의 분노는 빛줄기 하나 들어
오지 않는 깊은 곳으로 사라져 버린다. 오로지 내 엄마를 생
각하는 순간에야 들끓는 원망을 마주한다. 엄마를 죽이고 싶
다. 증오하지 않고는 살 수 없을 것이다.

엄마는 내 안전을 위해 내 몸을 학대했다. 나는 숲을 위해
나무를 벤다. 배를 붙잡고 한참 웃다가 눈가에 고인 눈물을
닦아 냈다. 나는 저 사람들이 너무나 우습다. 저 사람들이 내
뱉는 단어들에 감쪽같이 피해자가 되어 나를 몰아세우는 내
엄마가 우습다. 내 머릿속 스튜디오의 온에어 램프에 불이 들
어온다. 라디오 부스 안, 초록색 헤드셋을 낀 아나운서가 뉴
스를 전한다. 이번엔 침대 울타리에 껴 죽은 아기의 소식이다.
얼굴에 붉게 피가 몰린 채 질식사한 아기를 아나운서는 실제

로 본 것처럼 생생하게 읊는다. 고루하다 싶을 만큼 표준발음 법을 정확히 이행하는 혀. 그녀는 정말 틀림없는 프로다.

4부

초록 능선 일대는 닦지 않은 안경알처럼 희뿌연 수증기에
갇혀 있다. 멀리서 보기에 그 광경은 배경으로만 존재하도록
침묵을 강요당한 것 같다. 그러나 자세히 살펴보면, 능선 위를
오가는 붉은 헬기……. 묵직한 고철 덩어리 하나가 힘겹게 공
중에서 산에 약을 뿌리고 있다. 헬기가 떠 있다는 사실을 인
지하자 회전날개 반동이 여기까지 도달하는 듯했다. 그러나
내가 있는 이 집부터 저기 능선까지는 쉬지 않고 걸어서 이십
여 분 걸리는 거리였다. 여기에서 산이 있는 방향으로 소음을
측정해 봤자 독서실보다 아주 약간 높은 수준일 터였다
　나는 창문 커튼을 닫아 시야에서 능선을 지웠다. 그런데도
자꾸만 회전날개 돌아가는 소리가 웅웅 들리는 듯한 착각이

들었다. 몇 번씩 귓가를 이유 없이 툭툭 치고 집 안을 둘러보
았다. 초침을 뺀 벽걸이 시계와 먼지 쌓인 고물 텔레비전, 협
탁 위 마트료시카 인형, 아래로 늘어지며 자란 오래된 아이비
가 다였다. 헬기가 떠 있다는 사실을 인지한 것만으로 뇌는
들릴 리 없는 소리를 듣고 존재하지도 않는 바람을 느낀다.
그리고 약이 비처럼 쏟아지며 나뭇잎을 두드리는 소리. 땅에
스며든 약물을 뿌리가 빨아올리고 나무가 점점 말라 시들어
가는 소리까지…….

쓸데없는 망상이 늘었다. 소나무를 죽이는 것은 방제약이
아니라 더러운 소나무등벌레병이다. 나는 남은 반찬으로 밥
을 차려 먹고 설거지를 했다. 빨래통에 조 단장이 색깔 구분
없이 무작정 쑤셔 넣은 빨랫감을 통돌이 세탁기에 옮겨 담았
다. 퀴퀴한 냄새가 나는 까만 작업복 표면에 땀에서 나온 염
분으로 흰 얼룩이 얼기설기 남아 있었다. 세탁기가 옷들을 바
쁘게 적시고 치고 짜는 동안 나는 조 단장의 속옷을 손빨래
했다. 빨랫비누를 꼭 쥐고 있던 탓에 누런 손톱 사이로 비누
조각이 끼었다. 젖은 옷들을 꽉 쥐어짜다가 빨랫비누로 손톱
을 벅벅 문질렀다. 뚜껑 덮은 변기에 앉아 세탁기 돌아가는
소리를 들으며 내 손톱들을 내려다보았다. 탈수에 돌입한 세
탁기가 거품 물을 오줌처럼 내보냈다. 채송화 문양이 그려진
슬리퍼 위에 얌전히 은신하고 있던 내 누런 발톱들에도 풀썩

거품이 끼얹어졌다가 물러섰다.

귀가한 조 단장은 뜬금없이 드라이브를 가지 않겠냐고 물어 왔다. 안방 문턱에 서서 작업복을 훌렁 벗자 줄무늬 트렁크와 맨다리가 드러났다. 전에 다친 정강이 상처가 여전히 흉하게 남아 있었다. 동쪽으로 가다 보면 바다에 닿지 않겠느냐고 조 단장은 회색 발목 양말을 벗으면서 말했다. 벗은 옷을 한 품에 끌어안고 화장실로 가는 그의 걸음마다 기름 냄새가 났다. 기껏해야 저녁 6시 겨우 지난 시간. 창밖은 숨죽인 듯 고요하고 어두웠다. 산골은 도시보다 밤이 빠르다. 세탁기 안으로 옷을 툭툭 집어넣는 소리. 그러다 화장실 문이 닫히고 쪼르르 오줌 떨어지는 소리가 들려왔다.

저녁을 먹은 후 조 단장과 나는 사륜구동 트럭에 나란히 앉았다. 요란스러운 시동 소리에 구름이가 매섭게 짖었다. 전조등이 비추는 범위 내 비포장도로를 조심스레 지르밟으며 트럭이 앞으로 나아갔다. 개를 산책시키던 뒷집 여자가 도로 가장자리로 물러나 트럭이 지나갈 때까지 기다렸다. 남편이 죽고 병든 시어머니와 함께 사는 그녀는 인적 드문 밤에만 산책을 다녔다. 트럭이 느릿하게 전진하면서 백미러 속 여자의 실루엣이 점차 작아졌다. 개 목줄을 잡고 우두커니 서서 차체의 뒤꽁무니를 주시하는 뚱뚱한 몸. 트럭은 사거리로 들어와 신호가 바뀌기를 기다렸다. 그즈음 여자는 범고래 아가리 같은 어둠에 잡아먹혀 자취를 감추었다.

국도 가드레일 너머는 침침하게 잠든 논밭이었다. 채소들을 무심히 품어 돌보는 비닐하우스와 슬레이트 지붕의 단층 주택들이 불규칙하게 서 있었다. 이 시간까지 불 켜진 가구는 그리 많지 않았다. 도로 곡선을 따라 설치된 차선 규제 봉 여러 개가 재귀 반사 형태로 빛났다. 왕귀뚜라미 우는 소리가 들리는 어두운 국도를 트럭은 전조등에 의지해 지났다. 매일 새벽 출근길처럼 조 단장과 나는 아무 말도 나누지 않았다. 조 단장이 습관처럼 라디오를 켜자 우리 사이의 침묵은 식재료가 되어 아나운서의 혀 위에서 사라졌다. 새벽 뉴스 진행은 여자인데 심야는 남자였다. 창문을 열자 찬 바람이 허겁지겁 손을 뻗으며 안으로 들어왔다. 나는 창문을 닫았다가 다시 살짝 내렸다.

"요즘 현익이랑 같이 다니냐?"

조 단장이 오디오 볼륨을 낮췄다. 남자 아나운서의 목소리가 시무룩하게 줄어들었다.

"네."

나는 들릴 듯 말 듯 작게 대답했다. 조 단장의 뭉툭한 손이 핸들 가죽을 부드럽게 쓸어내렸다.

"걔랑 원래 친했어?"

"아니요."

창밖에 우뚝 솟은 형체와 눈이 마주쳤다. 언뜻 허수아비인가 싶었지만 지주목이었다. 자세히 관찰하니 규칙적으로 자리한 지주목 위에 검은 차광막이 덮여 있었다. 이 일대에 주택이 하나도 없는 걸 보아 꽤 넓은 면적의 인삼밭 같았다. 이 길은 내가 그동안 이 산 저 산 옮겨 다니며 지겹도록 지나다닌 구역이었다. 인삼밭이 있는 줄은 몰랐는데……

"동네 사람들이 너랑 개를 실없이 엮어 대고는 했었어. 안 그래?"

나는 운전하는 조 단장의 옆모습을 바라보았다. 실내등 때문인지 얼굴의 주름이 지우개로 지운 것처럼 흐렸다.

"네가 많이 불편해했잖아."

"그 정도로 불편한 사람은 아니더라고요."

"둘이 만나서 뭘 하나?"

"그냥 산을 타요."

"젊은 남녀 둘이 산에 간다는 게 남들이 보기엔 좀 그런데……"

"올라가서 김밥을 먹어요. 남들 만날 일은 없더라고요."

트럭은 버스 몇 대가 주차된 터미널을 지나 톨게이트로 곧장 진입했다. 노란색 통행권이 툭 튀어나오는 기계를 지나자 귀여운 캐릭터가 안녕히 가세요라고 말하는 법송군 출구 표시판이 널어섰다. 솜 전보다 확 넓어진 왕복 4차로 도로, 꿈

속 도깨비불처럼 빛나는 각종 안내판, 앞뒤로 바쁘게 내달리는 냉동 탑차와 덤프트럭…….

"걔랑 연애라도 하냐?"

멀리 항공에서 보면 차들이 지나며 남기는 빛의 궤적을 감상할 수 있을까? 위에서 볼 수 없다는 게 아쉬웠다.

"아니요."

"다행이네. 애인으로는 썩 추천해 줄 만한 놈이 아냐."

"왜요?"

"나는 서글서글한 척 웃는 얼굴로 접근하는 놈은 딱 질색이다. 특히 이유 없이 잘해 주는 건 더 마음에 안 들어. 그런 놈일수록 더 괴이한 목적이 있기 마련이거든. 그놈도 그런 쪽이지. 너무 가까이 지내지는 마라."

조 단장도 그동안 내게 잘해 주면서 어떤 이유를 붙이지 않았다. 하다못해 불쌍하다고도. 그렇다면 조 단장에게도 괴이한 목적이 있는 걸까?

뭉툭한 손톱이 여전히 핸들 가죽을 간지럽혔다. 라디오 속 남자 아나운서는 근간의 사건을 전했다. 지역의 장애인 스포츠센터 이사장이 기부금 5억 원가량을 횡령한 혐의로 검찰에 넘겨졌다. 올해 4회째를 맞는 수소 산업 박람회는 주최와 주관 단체의 갈등으로 일주일 간격을 두고 두 개로 쪼개져 열리게 되었다. 전국에서 발생한 대규모 사기 특검법이 국회 법사

위를 통과했으며 외우기 어려운 이름의 어느 기업 노조는 노사 임금 교섭 중단을 선언하고 천막 농성에 들어갔다. 다나의 탈출은 벌써 사람들 관심사에서 밀려 사라졌다.

트럭이 바다를 코앞에 둔 주차장에서 멈췄다. 조 단장이 오디오 정지 버튼을 누르자 고속도로를 달리는 내내 쉴 새 없이 떠들던 목소리가 뚝 끊겼다. 이제는 운영하지 않는 작은 간이역이 새벽을 지키고 있었다. 역 내부는 밖에서 흘러드는 가로등 불빛만으로도 꽤 밝았다. 나는 역사 안 벤치에 앉아 열린 문으로 시커먼 바다를 바라보았다. 벤치 맨 끝에 걸터앉은 조 단장이 큰 소리로 하품했다. 해수가 바람에 따라 넘실거렸다. 살 부딪치는 소리를 내며 모래벌판으로 밀려들었다가 밀려갔다. 몇몇 별들이 밤하늘에서 광대싸리처럼 어긋나기로 빛났다. 그믐달까지 합세해 제법 근사한 광경이었다. 그러나 벌써 입동을 앞둔 시기다. 기온이 크게 떨어진 탓에 그 운치를 온전히 즐기기는 어려웠다.

조 단장은 작업복 외투 지퍼를 끝까지 올리고 목을 거북이처럼 최대한 집어넣은 채로 양손을 주머니에 꽂고 꾸벅 졸았다. 바다는 줄곧 같은 풍경이었다. 옆에서 조 단장이 코를 골았다. 모래벌판을 향해 팔을 벌리던 해수가 어느 지점에서 유독 기묘한 자세로 흐트러졌다. 시커먼 풍경 안에 더 시커먼 자은 점이 있었다. 나는 그 점을 사세히 보기 위해 목을 앞으로 빼며 자리에서 일어났다. 남색 잠바를 입은 여자였다. 여자는 무릎까지 바닷물이 차오른 지점에 가만히 서 있었다. 물끄러미 동녘을 주시하던 그 마른 몸이 갑자기 밀려드는 물살에 갸우뚱 넘어졌다 일어났다. 이 날씨에 저러고 있으면 얼어 죽을 텐데. 나는 역사 밖으로 급히 뛰쳐나갔다.

"저기요! 위험해요!"

여자를 향해 뛰어갔다. 철길 위에 깔린 자갈돌을 밟고 안전 펜스를 지나 모래벌판을 밟았다. 그러는 동안 여자는 더욱 앞으로 나아갔다. 모래 입자들이 내 발목을 움켜잡고 아래로 끈질기게 끌어당겼다. 나는 산에 오를 때처럼 다리를 재촉했다. 큰 보폭으로 무작정 도달한 연안, 어느새 여자는 어깨까지 물살에 잠겨 있었다. 시꺼먼 물결 속에서 남색 잠바가 어렴풋이 도드라졌다. 나는 최대한 입을 크게 벌려 떠오르는 단어들을 하나씩 외쳐 보았다. 그러나 추위 탓에 혀가 제대로 움직이지 않았다. 정수리만 둥둥 떠 있었던 여자는 이내 모습을 감추고 말았다.

피륙 주름처럼 쭈글쭈글한 해수면을 나는 한참 동안 망연자실하게 바라보았다. 바다는 여자의 살과 뼈와 내장까지 모조리 다 씹어 먹고도 지나치게 평온한 모습이었다. 주위를 둘러보았다. 아무도 없었다. 내가 본 것을 증명해 줄 사람이 한 명도 없었다. 수평선 일대가 적황빛으로 물들 즈음 나는 어쩌지 못한 채 다시 간이 역사로 돌아왔다. 하늘이 희끄무레해지면서 내 몸뚱이 옆으로 애완견처럼 그림자가 들러붙었다. 어쩌면 내가 잘못 본 게 아닐까? 생각해 보면 이상한 일이었다. 새벽 2시에 아무도 없는 바다까지 찾아와 아무리 불러도 돌아보지도 않고 물속으로 걸어간 정체불명의 어지……. 이 인근에 출몰하는 한 많은 귀신일지도 모른다.

간이 역사는 텅 비어 있었다. 조 단장이 앉아 있던 벤치 끝자리는 온기를 잃고 차갑게 식어 있었다. 나는 작게 뚫린 매표소 칸막이 구멍에 얼굴을 붙이고 안을 살펴보았다. 인기척이 없었다. 화장실 문을 열려고 했지만 문고리가 돌아가지 않았다. 밖으로 나가 한참을 두리번거리며 조 단장을 찾았다. 문득 고아원에 버려졌던 옛 기억이 떠올랐다. 지금과 그때는 상황이 다르다는 것을 알면서도……. 다시 역사 안 벤치에 앉아 조 단장을 기다렸다. 십 분가량 지났을 때 문이 열렸다. 조 단장이 차가운 바람 냄새를 몰고 내 곁으로 다가왔다.

"출출하지 않아? 저기 근처에 편의점 있던데."

편의점에 들어서자 매대를 정리하던 직원이 나와 조 단장을 흘깃 확인하고 시선을 거뒀다. 이윽고 종종걸음으로 계산대에 들어와 상품 바코드를 찍었다. 조 단장을 바라보며 가격을 알려 주는 얼굴이 피곤으로 멀겋게 찌들어 있었다. 안경 도수가 높은지 깊게 들어간 관자뼈가 좀 전에 본 파도를 연상

시켰다. 계산을 마친 뒤 나와 조 단장은 시식대에 나란히 서서 컵라면과 삼각 김밥을 먹었다. 통유리로 보이는 바닷가는 이제 완전히 초양에 먹혀 있었다.

"자살하는 여자를 본 것 같아요."

집으로 돌아가는 트럭에서 나는 말했다. 고속도로는 밤에 비하면 차가 많았지만 정체는 아니었다. 이 도로가 정체되는 날은 정해져 있었다. 명절 연휴의 첫날과 마지막 날, 한 해 마지막 날 밤과 그다음 날 아침.

"바다에 빠져서 죽었어요. 단장님이 자고 있을 때요."

"헛것이야."

톨게이트를 지나자 이번에는 귀여운 캐릭터가 환영합니다 라고 인사하는 법송군 입구 표지판이 드러났다. 트럭은 몇 시간 전 거쳐 온 길을 거슬러 돌아갔다. 조 단장은 굽이진 국도를 노련하게 이동했다. 운전석과 맞붙은 왼편은 낙석 방지 펜스를 세운 가파른 절벽이었다. 라디오에서 여자 아나운서가 아침 소식을 전했다. 항상 듣던 목소리였다. 나는 오른편의 논밭을 바라보았다. 슬레이트 지붕의 단층 주택 두 채가 굴뚝에서 연기를 내뿜고 있었다. 어떤 주택은 불만 켰을 뿐 연기는 없었고 어떤 주택은 아직 불이 꺼져 있었다. 차선 규제 봉은 아침 햇빛에 밀려 더 이상 빛나지 않았다. 반대편에서 오던 승용차 한 대가 트럭 옆을 스쳐 지나갔다. 나는 조 단장쪽 창밖 풍경을 봤다. 어젯밤에 지났던 그 길 그대로였다. 그러나 인삼밭은 없었다. 지주목은 몇 개 되지 않았고 검은 차광막은 아예 보이지도 않았다. 밤사이 누가 치우기라도 했나? 난 무엇을 본 거지? 지난밤 틀림없이 인삼밭이라고 본 허허벌판을 나는 당혹스러운 표정으로 지나갔다.

참새가 벌레를 쫓으며 지저귀었다. 이제 두꺼운 옷을 입어도 답답하지 않은 날씨였다. 특별 방제단 단원들은 산의 초입에서 뒷짐을 진 채 입을 다물고 있었다. 법송군 일대 작업을 담당하는 단원은 쉰 명 정도였다. 단원들을 마주 보고 선 산림청 직원 남자가 죽은 소나무 한 그루를 발로 찼다. 팔짱을 끼고 그 주변을 다시 둘러보며 뭔가에 질린 것처럼 한숨을 크게 내쉬었다.

"방제 활동을 하는데 왜 나무가 계속 죽느냐는 겁니다. 이상하지 않아요?"

오늘은 방제 작업이 없는 날이었다. 대뜸 어젯밤 방제단장 특별 명령이라며 나오라더니 방제단장은 없고 말단 직원이 화를 내고 있었다. 그래도 단원들에게는 엄연히 나랏밥 먹는 상사였다. 단원들은 전부 침묵을 지켰다.

"제대로 좀 합시다. 오죽하면 제가 이러겠습니까? 방제 사업은 지자체에 권한 주고 대충 일어서 하세 놔누는 그런 게 아니라고요. 그동안은 그렇게 했다 쳐도 이번엔 다릅니다."

좌측 끝에 서 있던 단원이 불쑥 손을 들었다. 산림청 직원을 시작으로 사람들의 시선이 그 단원에게 쏠렸다. 할 말 있으면 해 보라는 듯이 직원이 턱끝으로 단원을 가리켰다. 단원은 손 든 자세 그대로 남자를 바라봤다.

"다나를 죽이면 되지 않습니까?"

눈 두 번 깜빡이면 끝날 잠깐의 정적이 흐른 뒤 산림청 직원은 황당하다는 듯 작게 헛웃음을 쳤다.

"그건 저희 관할이 아닙니다. 각자 맡은 일이나 제대로 하시죠."

문책에 이어 형식적인 숲 점검이 이뤄졌다. 모든 일정이 끝났을 때는 오후 1시가 조금 지나 있었다. 해산하기 직전 남자는 산 아래 흑염소탕집을 자기 이름으로 예약했으니 가서 점심을 먹으라고 일렀다. 나는 먹지 않고 조경 기능 사무소로 돌아왔다.

연식이 오래된 콤비형 가죽 소파에 앉은 군수 비서가 이쑤시개로 어금니를 쑤시고 있었다. 커피 테이블에는 양념 묻은 스티로폼 그릇이 두 개 겹쳐 있었다. 조 단장이 내게 밥 먹었냐고 물었다. 나는 먹었다고 대충 대답하고 그릇을 쓰레기봉투에 담았다. 젖은 행주로 테이블을 닦고 싱크대에서 행주를 빨았다. 비서가 다리를 꼬고 담뱃불을 붙였다. 조 단장이 그쪽

으로 재떨이를 밀었다. 산림청 직원이 뭐라고 하더냐고 내게
물었다. 소나무가 여러 곳에서 산발적으로 죽어 화를 많이 냈
다고 나는 대답했다. 이제 소나무등벌레병은 다나와 무관하게
아무 데서나 발병하는 것처럼 보인다고도. 비서가 두툼한 검
지로 담뱃재를 툭툭 흘렸다. 둥글게 튀어나온 배가 그릇을 저
렇게 비우고도 허기를 해소하지 못한 것처럼 씩씩거렸다.

“다나가 이미 죽었다는 소문이 있어요.”

비서는 그렇게 말하면서 어금니에 낀 찌꺼기가 거슬리는지
혀로 쯥쯥거리는 소리를 냈다. 그리고 다시 담배를 입에 물고
길게 빨아들인 후 양 콧구멍으로 구름 같은 증기를 내뿜고는
목구멍에 꽉 막힌 가래를 헛기침으로 쫓아냈다. 죽은 직후의
시체처럼 입술이 푸르렀다. 나는 그가 곧 죽을지도 모르겠다
는 생각이 들었다.

“……이 근처 공무원들 사이에 대충 그런 소문이 돕니다.
정설은 아니고요. 다나가 원래 나무껍질이 주식인 짐승이라
면서요. 등벌레병도 껍질 먹다가 옮긴 거고. 내내 전국 모든
숲에 약을 들이부었는데, 다나가 약 먹은 소나무 껍질을 먹고
살아남을 수 있겠어요?”

분명 안전한 약이라고 했는데……라고 생각하면서도 나는
비서 앞에서 유난히 혀가 무거워지는 느낌에 굳이 끼어들지
않았다. 비서는 끝이 닳은 연초를 재떨이에 인장 찍듯 꾹 눌

러 비볐다.

　"내가 아가씨랑 조 단장한테는 신세 진 게 많으니까 말해 주는 거야. 내부에서만 나오는 얘기거든. 어디 가서 떠들지 말아요. 다나는 죽었을 거예요. 하지만 죽었어도 죽어선 안 되는 게 다나예요. 지금 전국의 산을 이 지경으로 만든 게 반드시 다나여야만 한다고. 어차피 특별 방제단이니 뭐니 그런 건 결국 정치 쇼거든. 쇼에는 뭐가 필요해? 명분이 필요해……. 소나무 방제는 원래도 매년 하던 거예요. 다나가 탈출하기 전에도 소나무는 주기적으로 죽었어. 그 짐승은 단지 산에 소나무 숲을 밀어 버리고 돈 되는 무언가를 세울 훌륭한 계기가 된 거야. 아가씨는 그냥 시키는 대로 주사 열심히 놓고 나무 베고 다니면 돼요. 알겠어요? 그것만 잘하면 돈 준다는데 무슨 상관이야. 이건 나라 탓도 아가씨 탓도 아니야. 따지고 보면 등벌레병을 옮겨 온 최초의 원인은 그 짐승이 맞으니까. 원래 암컷 하나 잘못 들여오면 뭐든지 풍비박산 나는 법이에요. 집안도, 나라도……."

　조경 기능 사무소 셔터가 내려갔다. 나는 하단의 자물쇠를 잠그고 셔터를 흔들어 확인한 다음 몸을 일으켰다. 조 단장은 오늘 산림과 직원들과 술 약속이 있다면서 먼저 가라고 손을 휘휘 흔들었다. 나는 집까지 혼자 걸어갔다. 차 한 대 지나가지 않는 사거리에서 보행자 신호등이 붉은색으로 꿋꿋하게 빛났다. 꽃이 진 가로수 화단에 아이스크림콘이 거꾸로 꽂힌 채 새하얀 액체를 흘리고 있었다. 이제 막 녹기 시작한 걸 보아 버려진 지 얼마 안 된 듯했다. 신호등 불빛이 녹색으로 바뀌었다. 그때까지도 지나가는 차는 한 대도 없었다.

집으로 돌아와 짐을 정리하고 구름이에게 식은 밥을 주었다. 밥그릇을 비우면서 구름이는 중간중간 허공을 경계하며 으르렁거렸다. 나는 구름이 주변의 쓰레기를 치우고 혼자 저녁 식사를 했다. 설거지를 마치고 재빠르게 목욕했다. 침대에 눕자마자 잠이 들었다. 꿈결에 벼락 치는 소리를 들었다. 지붕이 무너진 게 틀림없다고 잠결에 생각했다. 그러다가 금방 또 잠으로 빨려 들어갔다. 아침에 기상하고 보니 지붕은 무너지지 않았고 모든 게 멀쩡했다. 조 단장이 없었다. 나는 커튼을 젖혀 마당을 살폈다. 사륜구동 트럭이 나무에 꼬라박혀 있었다.

벼락이 아니라 저 소리였군. 나는 밖으로 나가 트럭 운전석 문을 열었다. 조 단장이 핸들에 얼굴을 묻은 채 술 냄새를 풍기며 자고 있었다. 다친 곳은 없어 보였다. 트럭도 앞 범퍼가 살짝 찌그러진 걸 빼면 멀쩡했다. 나는 조 단장의 어깨를 흔들었다. 그가 뜨거운 난방 바닥 위 옷가지처럼 푸석한 얼굴로 일어났다. 간밤에 자신이 벌인 난장판을 남의 일처럼 훑어보고는 차 밖으로 내려왔다. 구름이가 조 단장의 꽁무니를 쫓아오며 쿵쿵 냄새를 맡았다.

"원래 안 그랬잖아요?"

나는 가스레인지 레버를 돌려 국을 끓였다. 식탁에 올라오는 반찬 통들을 보며 조 단장은 늘어지게 하품을 했다.

"실수가 늘었어요. 더 조심해야 해요."

"무슨 상관이라고, 나 참……."

나는 더 얘기하지 않았다. 냄비에 든 국이 부글부글 끓었다. 적당히 뜨거워졌을 때 가스불을 꺼 그릇에 옮겨 담았다. 조 단장은 이유 모르고 쫓기는 사람처럼 급하게 밥을 넘겼다. 나는 외투를 걸쳐 입고 거슬리는 긴 머리칼을 질끈 묶었다. 분주한 기척을 듣고 조 단장이 어디 가냐고 물었다. 부엌과 거실과 현관이 전부 이어진 좁은 집이라 굳이 크게 얘기하지 않아도 다 들렸다.

"잠깐 산책하고 오려고요."

문을 열려는 찰나 그의 목소리가 또 끼어들었다.

"그놈 만나려는 건 아니지?"

현익을 얘기하는 것이다. 나는 문고리를 돌렸다.

"아니에요."

십 분 후면 배차 간격 한 시간인 시외버스가 도착할 것이다. 아슬아슬하게 버스를 타고 곧장 목적지로 향했다. 밑동만 남은 금산리 소나무를 다시 찾아갔다. 아무 목적 없이, 그저나 혼자였다. 한때 금산리의 터줏대감이자 불상이었던 나무는 곰팡이로 뒤덮여 썩어 가고 있었다. 사람으로 치면 시체가길가에 방치된 셈이다. 볼품없이 갈라진 수피에 흘러나온 진물이 말라붙어 있었다. 나뭇결을 따라 일정한 간격으로 구멍이 뚫려 있었다. 내가 수간 주사를 놓은 자리였다. 구멍 주변으로 약이 하얗게 굳어 있었다. 그 부분만 썩지 않고 말끔했다. 나는 잠깐 굳었다. 놀란 표정을 감추고 자리를 떴다.

나무 뒤편의 벤치에 앉았다. 거대한 고목이 치워진 전방으로 차 몇 대가 방치되어 있는 지상 주차장이 보였다. 바람이흙냄새를 풍기며 지나갔다. 옆에서 인기척이 느껴졌다. 어느새노인이 곁에 와 앉아 있었다. 유달리 쭈글쭈글한 미간은 그대로였다. 노인은 지팡이 끝을 땅에 붙이고 손잡이 쪽을 얼굴에붙이며 내 쪽은 보지도 않고 물었다.

"나무를 보니 어떠나?"

제사 이후로 한 달 정도 지났다. 나는 아무 반응도 보이지않았다. 노인도 대답을 기대한 건 아닌지 담담했다.

"이 마을이 나무 키우기에 좋은 터는 아냐. 주차장을 저렇게 넓게 한 이유가 뭐겠어. 뭘 심어도 비실비실 자라서지. 옛사람들 말로는 이 소나무도 다른 곳 소나무에 비해 무지하게느리게 컸다고 하네. 사람들이 영험하다고 믿는 데에는 그런 이유도 있었어. 척박한 환경에서도 잔병치레 없이 잘 자랐다고. 다시 심으면 그럴 수 있을까. 이미 온 땅에 약이 스며들었을 텐데⋯⋯."

불편한 이야기였다. 그러나 썩지 않은 주사 구멍들을 두 눈으로 확인한 이상 이 자리를 말없이 떠 버리기도 어려웠다. 구 씨와 함께 왔더라면 죄인 역할은 오롯이 구 씨가 맡았겠지만 이 자리에 두 번 다시 오지 않을 사람이었다. 그럼 굳이 몇 번이고 다시 여기에 와서 눈으로 확인하고 있는 나는 어떤 사람인가?

"얼마 전엔 우리 동네에서 여자 하나가 없어졌어. 이 나무를 자주 찾던 여자거든. 더운 나라에서 시집온 여자야. 공교롭게도 소나무 죽고 얼마 안 돼서 없어졌으니⋯⋯. 죽었나? 요즘은 자기 나라에 두고 온 진짜 남편 만나러 가는 여자도 그렇게 많다고 하대⋯⋯. 그래도 그 여자는 도망은 아니야. 소나무가 노한 거야. 그 여자를 데리고 간 거야⋯⋯."

노인은 자리를 떴다. 해가 낮의 끄트머리를 지나고 저녁의 시작점에 발을 걸쳤다. 붉게 달아오른 정경이 나를 전방위로 둘러싸고 침묵했다. 그림자가 사선으로 길어졌다. 집으로 돌아가는 가장 이른 버스는 오후 7시였다. 나는 주머니에 손을 꽂은 자세로 의자에서 일어났다. 연탄재 수거함 앞에 섰다. 주황색 플라스틱 뚜껑을 열었다. 하얗게 바스러진 연탄재들 사이에 누런 크라프트 종이로 만든 성냥갑 하나가 놓여 있었다. 나는 성냥갑 좌측면을 옆으로 밀어 안에 남은 성냥개비 개수를 확인했다. 정확히 열 개. 성냥갑을 주머니에 쑤셔 넣고 플라스틱 뚜껑을 닫았다. 터미널로 가려다가 멈춰서 수거함을 돌아봤다. 뚜껑을 열었다. 맨 위의 연탄재를 꺼냈다. 땅바닥에 내려 뒀다. 그리고 무릎을 접어 올렸다가 발바닥으로 세게 내리찧었다. 쿵, 쿵, 연탄재가 형체를 잃어버릴 때까지, 온 힘을 다해, 계속.

집 근처에 도착해서도 귀가하지 않고 야밤에 홀로 산길을 올랐다. 숨이…… 숨이 좁은 목구멍을 벗어나려고 아우성이다. 그런가 하면 목구멍 안으로 들어오려는 숨도 만만치 않다. 폐가 헐떡거린다. 매일 지겹도록 타는 산. 뛰지도 않는데 새삼스럽게 숨이 찼다. 썩지 않는 주사 구멍을 떠올렸다. 약 때문에 이미 다나가 죽었을 거라는 비서의 말까지. 참을 수 없을 만큼 화가 올라왔다. 다나에 대한 분노. 당신은 내 손으로 죽여야 했는데. 어떻게 멋대로 죽어 버릴 수가 있지? 당신을 죽이기 위해 살아 있는 나는 이제 와 뭐가 되지.

정처 없이 산길을 오르던 발을 멈춰 세웠다. 동공처럼 새카만 어둠 안에서 숲이 한기를 등에 이고 있었다. 발치에는 어디 팔아넘기지도 못할 싸구려 싸리나무가 한가득이었다. 나는 땀으로 푹 젖은 머리를 뒤로 넘겼다. 발이 가는 대로 급보하면서 나무 사이사이 빈 곳을 들쑤셨다. 다나, 다나.

엇박자로 가슴을 들썩이며 숨을 골랐다. 목구멍에서 철수세미 긁히는 소리가 났다. 빽빽하게 부대낀 잎사귀 사이로 별이 일렁였다. 올빼미가 울었다. 그것을 시작으로 온갖 짐승의 울음이 쏟아졌다. 무언가를 갈구하는 소리였다. 사냥과 도망과 난교와 남하와 배설이 머리카락처럼 얽혀 산을 들쑤셨다. 다나의 것은 들리지 않았다. 빨랫줄처럼 길게 이어진 맞은편 송전탑 전선이 안개와 어깨를 맞댄 채 나를 비웃고 있었다. 올빼미의 노란 눈동자가 양방향을 바쁘게 쏘아 댔다.

조 단장이 다쳤다는 연락을 받은 건 다음 날 오전이었다. 구 씨에게서 이번 주 작업이 취소됐다는 전화를 받은 직후였다. 내게 전화를 건 이는 구급대원도 의사도 아니고 나랑 구면인 영림단원이었다. 벌목하다가 넘어지는 나무에 조 단장의 하반신이 뭉개졌다고 했다. 사고는 한참 전에 발생해 조 단장은 벌써 대학 병원으로 이송되어 다리를 절단해야 할지 의료진의 결정을 기다리고 있었다. 나는 지금 조 단장이 혼자 있느냐고 물었다. 단원은 원지가 오고 있다고 대답했다. 구급대원이 먼저 연락한 쪽도 보호자인 원지였다. 단원이 내게 연락한 것은 일종의 아량이었다. 나는 무슨 말을 해야 할지 몰라

입안의 투명한 구슬을 굴리듯 우물대다가 전화를 끊었다. 얻어맞아 생긴 멍처럼 하늘이 푸르렀다. 조 단장이 다쳤는데 나는 구름이와 집 지키는 것밖에 할 일이 없었다.

현익이 집으로 찾아왔다. 쇠목줄에 묶인 구름이가 겨우 세 발 나아간 위치에서 성실하게 짖었다. 나는 냉장고에서 반절 마신 오렌지주스를 꺼냈다. 컵에 주스를 따르는 내 뒤에서 식탁 의자를 당겨 앉으며 현익의 바지와 가죽 쿠션이 마찰하는 소리가 들렸다.

"조 단장 사무소는 닫혀 있고, 별이 씨는 며칠째 전화도 안 받고……. 그래서 왔어요."

나는 현익의 앞에 컵을 내려 두었다.

"저를 걱정했나요."

오렌지주스를 마시던 현익이 음성 재생 기능이 있는 인형처럼 대답했다.

"당연하죠."

자로 댄 듯 바싹 깎은 머리카락, 덥수룩하게 기른 수염……. 현익은 그런 방식으로 이상했다. 머리 손질은 하면서 면도는 제대로 하지 않는 것처럼. 총값을 나중에 두 배로 청구하겠다는 거나, 전화 안 받는다고 무작정 찾아온 거나, 너무 당연하게 나를 걱정했다는 거나……. 그는 내 어눌한 발음을 어렵지 않게 알아듣는 몇 안 되는 사람이었다. 나 역시 언젠가 그가 어려울 때 돕고 싶었지만 계획 없이 불시에 얼굴을 보는 관계가 될 마음은 없었다. 나는 그가 나에게 과한 유대감을 느끼는 것 같아 부담스러웠다. 그는 울타리를 원하고 나는 울타리를 진작에 부쉈다. 우리의 대화는 언어는 통하지만 의미까지 통하지는 않는다.

현익은 고개를 꺾어 주스를 한입에 들이켰다.

"이제 사격 연습은 안 할 생각입니까?"

"전처럼 열심히 할 필요가 없어졌어요."

"조 단장 때문에요?"

"아니에요. 그 일 때문에 많은 게 무너진 건 사실이지만."

"저는 오히려 별이 씨가 다나를 더 증오할 거라고 생각했습니다."

"증오해요."

"그럼 왜죠?"

주방과 이어진 거실 풍경, 가족사진 액자도 내가 처음 본 그대로였다. 여전히 내 얼굴은 없었다.

"다나가 이미 죽었을 거란 얘기를 들었어요. 약 먹은 소나무 껍질을 먹고 무사할 리가 없다고요. 왜 그런 생각을 한 번도 하지 못했던 걸까요."

오래된 냉장고가 모터 돌아가는 소리를 냈다.

"얼마 전에 예방주사의 독성을 눈으로 확인했어요. 순진하게도 무해하다는 말을 믿었다니. 제 손으로 그 많은 소나무를 죽였어요. 특별 방제단은 어쩔 수 없이 계속 나가고 있지만 작업 전후로 밤잠을 통 이루지 못해요. 무기한 활동이 아니라는 점이 그나마 다행스럽지만요. 그래도 어치히면 언제든 그만둘 생각이에요……"

지저분한 인중을 쓸던 현익이 말했다.

"다나는 분명히 살아 있습니다."

"어떻게 확신하나요."

"간단합니다. 아직 발견된 사체가 없지 않습니까?"

"사체를 발견해 놓고 은폐한 거라면요?"

"그런 식으로 계속 이어 가면 끝도 없습니다. 말 나온 김에 다시 사격 연습하러 나가죠. 별이 씨는 반드시 다나를 죽여야 합니다."

구름이가 다시 짖었다. 침입자라도 본 것처럼. 그러나 인기척은 없었다. 대문이 없다 보니 구름이는 골목에서 사람 그림자만 드리워도 금방 짖었다.

"그건 그렇고……"

내 침묵을 사냥에 대한 긍정 신호로 알아들은 현익이 다른 이야기로 주제를 돌렸다.

"조 단장은 괜찮아요?"

조 단장은 대학 병원에서 읍내의 공공 의료원으로 전원했다. 다리는 절단하지 않았다. 당분간 지켜보는 것으로 가닥이 잡혔다. 건너 들은 얘기로는 의료진을 대하는 그의 태도가 불량스러웠다.

"병원 안 가 봐도 됩니까? 간병이 필요할 텐데요."

"원지가 있어요. 저는 가족이 아니니까요."

"그 여자가 불편합니까?"

"제가 가면 원지가 싫어해요. 그래서 전화도 조심스럽고요."

현익이 떠났다. 나는 마신 오렌지주스 컵을 개수대에 넣고 수돗물을 틀었다. 빈 컵에 물이 넘쳐흘렀다. 물의 동심원을 잠자코 바라보나가 수도꼭지를 잠갔다. 그름이가 짖었다. 누가 또 지나가는 모양이라고 생각하는 순간 숨 고를 틈도 없이 현관문이 열렸다. 원지가 거칠게 신발을 벗으며 들어왔다. 반년 만이다. 부동산 보러 온 사람처럼 원지는 집 구석구석을 건조하게 훑어보았다. 주방까지 들어와 개수대 옆을 가볍게 지나치더니 다시 거실로 돌아갔다. 소파에 앉아 메고 있던 가방을 두고 외투를 벗어 놓았다. 나와 눈이 마주치자 왼쪽 입꼬리를 올려 빈정대듯 웃었다. 일부러는 아니고 입꼬리가 비대칭이라 항상 비웃는 표정이었다.

"오랜만에 봤는데 너는 인사도 없구나."

“아…… 안녕.”

“뭐 먹을 거 없어? 배고픈데.”

원지가 냉장고 문을 확 열었다. 냉장고 손잡이를 손톱으로 톡톡 두들겼다. 조 단장처럼. 원지는 냉장고를 닫고 배달 책자를 꺼냈다. 식탁 의자에 앉아 한 장씩 넘겨 보며 콧노래를 흥얼거렸다. 서서 그 모습을 바라보던 나는 왠지 이 꼴이 더 어색하다는 생각에 맞은편 식탁 의자에 앉았다. 밖에서 개 짖는 소리가 또 났다. 구름이는 아니었다.

“개새끼가 맨날 짖고 지랄이야.”

원지가 구름이를 욕하며 꽉 닫힌 창문을 흘겼다. 이내 나와 눈을 마주쳐 또 한쪽 입꼬리만 올리며 웃었다.

“네 동생 말이야, 구름이.”

막상 짜장면을 앞에 둔 원지는 깨작깨작 씹기만 했다. 면이 퉁퉁 붇도록 고기만 골라 먹으면서 내가 미처 닦지 못한 식탁의 간장 묻은 자국과 기름이 굳어 반질반질한 부분을 손톱으로 긁었다. 원지가 불쑥 조 단장 이야기를 꺼냈다. 아빠와 둘이 같이 작업 다니던 거 아니냐고 물었다. 피하라고 옆에서 진작에 일러두지 못한 내 탓을 하는 듯했다. 그러나 내가 특별 방제단으로 차출되면서 둘이 같이 다니지 않은 지오래됐다. 또 같이 작업했더라도 내가 조 단장을 다치지 않게 할 수는 없었을 것이다. 조심하라고 일러두는 건 언제나 베테랑인 조 단장의 몫이었다. 나는 늘 도움받고 기대는 입장이었다. 무엇보다 벌목할 때는 안전을 위해 작업자들이 서로 멀리 떨어져 톱질하기 마련이다. 바로 옆에 나란히 서서 나무를 베는 멍청한 짓은 하지 않는다. 원지는 자기 아버지가 어떤 환경에서 일하는지 아는 게 하나도 없었다. 그리고 그건 조 단장이 원지를 사랑한다는 증거였다.

"나무가 넘어지는 위치는 베는 사람만이 알아."

완두콩을 일일이 골라내던 원지의 젓가락질이 멈췄다.

"할 말이 그게 다야?"

원지가 또 한쪽으로만 일그러진 형태로 웃었다. 그러고는 별말 없이 짜장면을 입에 넣었다. 씹는 소리만 요란할 뿐 먹는 속도는 느렸다. 나는 원지에게 간병 휴가를 얼마나 냈는지 물을 참이었다. 빨리 집에서 나갔으면 싶었다. 나보다 먼저 원지가 말했다.

"너도 공무원들이랑 똑같은 말을 하는구나."

그러고는 휴지 세 장을 신경질적으로 뽑더니 입가를 닦았다. 나는 휴지를 구겨 구석에 내려 두는 원지의 손을 잠깐 보다가 곧 얼굴로 눈길을 옮겼다.

"나무 넘어지는 위치를 아는 건 아빠뿐인데 그걸 못 피해서 다친 거니 결국 본인 과실이래. 산재로 인정을 해 줄 수 없대."

원지는 젓가락 쥔 손으로 컵을 들어 물을 입에 넣고 헹궜다. 젓가락 능각이 앞으로 뾰족하게 튀어나와 나를 노려보고 있었다. 컵을 내려놓은 원지가 나지막이 말했다.

"돈이 필요해. 돈이 필요하단 말야……."

원지는 질퍽한 짜장면을 다시 목구멍으로 꾸역꾸역 넘겼다. 나는 아직 비우지 못한 내 앞의 짜장면 그릇을 보다가 젓가락을 내려 두었다. 허벅지가 땅겼다. 직각으로 된 의자에 똑바로 앉을 때면 언제나 온몸 구석구석이 쑤셨다. 뼈가 삐뚤어진 탓일까. 항상 드는 엔진 톱 무게에 맞춰 몸이 변형된 것인지도 몰랐다.

"너 아빠 보러 안 가니? 아빠는 의료원 신관 3층에 입원해 있어. 거기가 8인실이라 제일 싸거든. 환자도 그렇겠지만 보호자 입장에서도 고약스러운 장소야. 가 보면 놀랄 거야. 아빠는 거기서 밥도 제대로 못 먹어. 양옆으로 환자들이 비위 상하는 짓을 많이 해서. 거기서 간병하는 나는 또 어떻고?"

역겨운 장면이 떠올랐는지 원지가 손바닥으로 입을 가리며 토를 참는 시늉을 했다. 젓가락 능각이 이번에는 왼쪽 닫힌 창문을 찌르고 있었다. 그러다 다시 진정하고 남은 면을 입안에 밀어 넣었다.

"아, 근데 그거 알아?"

원지는 이제 싸장면을 먹지 않았다.

"다나 덕분에 떼돈 번 사람이 많은 모양이야. 왜, 산에 나무를 베면 이것저것 지을 수 있는 게 많아지잖아. 심지어 그린벨트도 풀린다나 봐. 다나가 죽었다는 소문이 도니 우리 거래처 중 한 곳은 다나를 도로 수입해 산에 풀고 싶다고 농담하더라. 그러면서 나보고 도와 달래. 돈 많이 주겠다면서."

내 머릿속 라디오 부스에 불이 들어온다. 상상 속 아나운서는 초록색 헤드폰을 낀 채 다나의 사체가 발견되었다는 소식을 전한다. 이미 쑥대밭이 되어 버린 이 나라 숲을 설명하며, 같은 재난을 반복하지 않으려면 다나 새끼를 찾아야 한다고 말한다. 수색이 본격적으로 시작되자 원지는 온 나라가 고조될 때까지 인내심 있게 기다린다. 여론이 더는 격앙될 수 없다고 생각될 때 대규모 언론사 몇 군데를 골라 연락한다. 다나 새끼가 있는 곳을 알아요. 그러고는 가격을 흥정한다. 가장 높은 값을 부른 곳에 내 정보를 넘긴다. 2주만 가둬 놔 보세요. 목덜미에 털이 수북하게 자랄 걸요? 나는 사람들을 피해 산으로 숨는다. 숲엔 약이 비처럼 쏟아진다.

원지의 웃음소리. 상상이 아니라 현실이다. 나는 다시 현실로 돌아와 원지를 바라봤다. 원지가 말했다.

"정말 웃기지 않아? 멀지 않은 곳에 이미 이렇게 다나가 있는데."

사흘 전 필리핀 마닐라 북북서쪽 580킬로미터 해상에서 발생한 태풍 엘리는 현재 일본 오키나와 남남동쪽 부근 해상을 지나는 중이다. 여름내 이상 고온으로 한반도에 발도 딛지 못하던 태풍은 폭염이 물러선 이후에야 이곳으로 접근하고 있다. 이례적인 늦가을 태풍에 특별 방제단 활동도 조기 종료됐다. 대다수 기상모델에 따르면 엘리는 이틀 내 한반도로 북상한 뒤 동해안에서 소멸할 것으로 예측된다.

나는 지금 터미널 앞 무지개색 플라스틱 의자에 앉아 산림청 직원 연수원으로 가는 셔틀버스를 기다리고 있다. 맞은편의 야트막한 건물들은 빗물과 안개에 가려져 묘하게 비틀린 형태였다. 북한 여자와 결혼하라는 현수막은 빗물에 폭삭 젖어 아슬아슬한 자세로 자리를 지켰다. 비가림막 표면에 빗방울이 무겁게 부딪쳤다. 공중전화 부스에서 노인이 수화기를 붙잡고 무슨 말인가를 쉬지 않고 했다. 고개를 돌려 힐끔힐끔 내가 있는 쪽을 훔쳐봤다. 나는 그가 다나를 봤다고 제보하는 것처럼 느껴져 불안했다. 원지의 말이 빗방울처럼 내 귓가를 두들기고 신경계를 조금씩 적시고 있었다. 지금 시각은 오후 4시. 3시 30분 출발 예정인 셔틀버스는 아직도 오지 않았다. 어서 여기를 벗어나고 싶었다.

중년의 남자가 터미널에서 나와 장대비를 보며 길게 한숨을 내쉬었다. 그는 옆에 있던 일행에게 버스가 십 분째 오지 않는다고 불평했다. 말이 끝나자마자 맞은편 건물 너머로 시외버스 한 대가 지나갔다. 우회전해서 터미널을 빙 돌더니 정차 구역으로 들어와 멈췄다. 사람들 몇몇이 탔지만 중년의 남자와 그 일행은 타지 않았다. 버스가 떠나면서 외딴섬 같은 공중전화 부스의 모습이 다시 드러났다. 수화기를 내려놓은 노인은 부스 너머 바깥을 초조하게 바라보고 있었다. 보따리를 챙기고 조심스럽게 부스 문을 열었다. 우산 펼 여력도 없이 보따리를 한 품에 꼭 껴안고 느릿느릿하게 아스팔트 도로를 횡단했다. 이곳으로 가까워질수록 노인의 몸은 빗물에 젖은 솜처럼 점점 더 작아졌다. 오히려 커져야 하는데 이상한 일이었다. 노인에게 다가가 우산을 씌워 주는 이는 없었다. 나도 아량이 넓지 않기는 마찬가지였다. 그사이 터미널 건물에 도착한 노인이 보따리를 바닥에 내려 두고 젖은 옷을 걸레처럼 쥐어 짜냈다. 멀지 않은 곳에서 차 경적이 울렸다. 직원 연수원으로 가는 9인용 승합차가 서 있었다.

　나는 운전석 바로 뒷자리에 앉아 전방을 바라보았다. 앞유리에 달라붙는 빗물에 대응해 와이퍼가 쉴 새 없이 움직였다. 부채꼴 모양으로 아주 잠깐 깨끗하게 드러나는 광경은 이전과 똑같은 산길이었다. 승합차 맨 뒷자리에는 연수원으로 출근하는 여자 직원 한 명이 앉아 있었다. 아마 본가가 다른 지역에 있어 그곳에서 휴가를 보내고 오늘 복귀하는 참인 것 같았다. 기사는 자일리톨 껌을 씹으며 굽이진 빗길을 거침없이 내달렸다. 짐승을 밟은 듯 차체 아래 무언가 물컹하는 느낌이 지나갔다. 나는 몸을 일으켜 창문에 얼굴을 갖다 대고 승합차가 지난 자리를 빠르게 훑어보았다. 그러나 창문 너머 풍경은 분간할 수 없이 흐릿했다.

특별 방제단 1기 활동이 끝났다. 다목적실에는 법송군을 포함해 다섯 지역의 방제단원들이 모였다. 거리가 멀어서인지 일부는 오지 않았다. 연수원 직원은 이런 식으로 며칠에 걸쳐 지역별 수료식을 진행할 예정이라고 했다. 바쁜 일이 있다는 특별 방제단장을 대신해 부단장이 축사를 읊었다. 한 칸 높은 연단에 선 그를 우러러보며 단원들이 줄 맞춰 서 있었다. 한 명도 빠짐없이 같은 단복을 입었다. 창밖은 여전히 호우의 영역이었다.

"모두 수고 많으셨습니다."

부단장의 오른편으로 이 나라 국기가 삼발 스탠드에 걸려 있었다. 뒤편 벽에도 같은 문양이 있었다.

"다음 활동에서 또 만납시다. 외래 바이러스를 이 땅에서 몰아냅시다."

호우의 기세가 조금 사그라들었다. 수료식이 끝난 뒤 단원들은 산림청 로고가 새겨진 기념품을 건네받았다. 집에 돌아간 몇몇을 제외하고 대부분은 연수원에서 하루 묵기로 했다.

넓은 직원 식당에서 단원들은 직원들과 섞여 술잔을 부딪쳤다. 부단장은 테이블마다 인사를 나누며 술을 얻어 마셨다. 나는 피곤하다는 핑계로 먼저 일어섰다. 떠나는 내 뒤로 무언가 깨지고 호탕하게 웃음이 쏟아졌다.

생활동 로비에 들어서자 센서 등이 자동으로 켜졌다. 들고 온 우산을 접어 빗물을 털었다. 젖은 머리카락에서 엔진 톱 기름 냄새가 났다. 2층으로 올라가 배정받은 방에 들어갔다. 신발도 벗지 않고 그대로 바닥에 누워 천장을 바라보았다. 현관문이 자동으로 닫혔다. 카드 키를 꽂지 않아 형광등이 켜지지 않은 방 안에 명암이 빚어졌다. 커튼이 걷힌 베란다 통유리창을 타고 들어온 가로등 불빛이었다. 언뜻 멈춘 것처럼 보이는 창틀 그림자는 가만 살펴보면 옆으로 조금씩, 아주 느리게 움직이고 있었다. 나는 빗물에 젖은 신발을 현관에 내버려둔 채 누워서 허공만 관찰했다. 장판에 닿은 어깻죽지와 목덜미가 차가웠다. 얼른 일어나 보일러를 틀어야 할 텐데…….
그렇게 생각하면서도 영 몸이 움직이지 않았다.

방제단복 외투 주머니에 손을 넣자 한꺼번에 세 개의 물건이 잡혔다. 연초가 네 개밖에 남지 않은 담뱃갑과 성인 가요방 번호가 붙은 일회용 라이터, 누런 크라프트 종이로 만든 성냥갑이었다. 나는 일단 연초를 입에 문 뒤 라이터와 성냥갑을 한 손에 같이 쥐고 살펴보았다. 이제는 외울 듯한 가요방 번호를 속으로 다시 한번 읽었다. 한 번도 가 본 적 없는 업소의 라이터가 오랫동안 내가 가진 하나뿐인 불빛이었다. 나는 라이터를 주머니에 넣었다. 성냥을 긁었다. 연기가 신기루처럼 떠오르더니 불이 붙었다. 나는 담배 끝을 태운 뒤 성냥개비를 살짝 흔들어 불을 껐다. 누운 자세로 담배를 피웠다. 딜의 표면을 닮은 기체의 흐릿한 문양을 바라보았다. 혈압이 올라 심장이 어느 때보다 선명하게 뛰었다. 공간이 뿌예지는 건 순식간이었다. 그물에 걸려 선상으로 내쳐진 생선처럼 화재경보음이 팔딱거리며 튀어나왔다. 나는 담배가 타들어 가다가 곡선 모양으로 허리를 숙일 때까지 불을 끄지 않았다.

누군가 밖에서 문을 주먹으로 세게 두들겼다. 문고리가 매섭게 철컥거렸다. 귀찮지만 나는 자리에서 일어났다. 안에 사람이 있다는 뜻으로 노크했다.

"담배 피우셨어요?"

외시경으로 얼굴을 확인했다. 승합차 맨 뒷좌석에 탄 여직원이었다.

"껐어요."

"실내 흡연 안 됩니다. 밖에 흡연 부스에서 피우세요."

"알겠습니다."

신발 굽 소리가 점점 멀어지는가 싶더니 다시 가까워졌다.

"환기하시고요."

그러나 나는 창문을 열지 않았다.

밤새 비가 내렸다. 잠을 설쳤다. 선잠에 한 번 꿈을 꾸었다. 여직원이 방에 찾아오는 꿈이었다. 문을 열면 여직원은 없고 경찰 두 명이 들어와 내 몸을 포박해 밖으로 끌어냈다. 목적지는 동물원이었다. 나는 악을 쓰며 발버둥쳤다. 잠에서 깨어났을 땐 등이 차게 젖어 있었다.

요의도 없는데 화장실 변기에 무작정 가만히 앉아 있었다. 해가 뜰 때까지 기다렸다. 짐을 챙겼다. 오전 중에 시외버스 터미널로 돌아가야 했다. 현익이 데리러 온다고 약속했다. 정말 성가신 일이었다. 수료식 하루 전날 현익이 대뜸 그렇게 결정하고 멋대로 통보했을 때 나는 페인트 통에 얼굴을 처박은 것처럼 숨이 막혔다. 법송군에서 연수원까지는 너무 먼 거리였다. 날씨도 안 좋았다. 굳이 이런 일까지 신세 지고 싶지 않았다. 안 데리러 와도 돼요. 그렇게 말하는 내게 현익은 뭐 그런 걸 미안해하냐는 듯이 내가 가고 싶어서 가는 거예요 하고 아주 호쾌하게 말했다. 그는 내가 속으로 좋아하면서 겉으로는 아닌 척하는 거라고 믿는 듯했다. 그럴수록 나는 간절히 총값이나 물어내고 싶어졌다.

연수원 로비 의자에 앉아 터미널로 가는 셔틀버스를 기다렸다. 출발 시간이 한참 지났는데 셔틀버스는 아직 오지 않았다. 태풍의 영향으로 연발이라는 이야기도 없었다. 그 승합차

는 항상 늦는다. 텅 빈 로비 가운데에 놓인 거대한 괘종시계
가 정각을 알리며 종을 울렸다. 시계 몸통에 바탕체로 '산림
청'이라고 적혀 있었다. 억센 폭우에 잠긴 광경은 일부러 흘리
듯 그린 산수도 같았다. 정각이 되고도 십 분가량을 더 기다
리고 나서야 셔틀버스가 두착했다. 안에 티지미자 기사는 왜
인지 숨을 가쁘게 몰아쉬며 원래 이런 날씨에는 쉬는 거라고
빠르게 쏘아붙였다. 나는 터미널에서 일행이 기다리고 있다고
말하려다 소용없는 짓 같아 입을 다물었다.

　다시 구불구불한 산길이었다. 물웅덩이를 지나며 승합차
양옆으로 흙탕물이 잘게 튀어 올랐다. 앞 유리의 와이퍼는 어
제보다 더 바쁘게 부채꼴 모양으로 움직였다. 기사의 자일리
톨 껌 씹는 소리도 들리지 않았다. 빗소리에 가려졌나 싶어
슬쩍 룸미러를 살펴보면 아무것도 씹지 않는 기사의 얼굴과
마주쳤다. 짜증과 피로와 귀찮음과 약간의 긴장과 공포로 물
든 아주 복잡한 표정. 하나의 신체에서 여러 감정이 동시에
드러난다는 사실이 나는 새삼스럽게 느껴지면서 불현듯 기사
의 머릿속이 궁금해졌다. 그곳에서 짜증이 차지한 면적과 공
포가 차지한 면적을 비교하고 싶었다. 내 머릿속 가장 넓은
면적을 차지한 불안이 타인의 혼란을 끌고 와 얄팍한 안도감
을 얻으려 한다. 왠지 그의 머릿속 삐딱하게 짝다리를 짚은
짜증이 맞은편에서 사신과 대립하는 공포를 노려보고 있을

것 같다. 그 사이에 선 긴장이 두 감정의 눈치를 살피고, 피로와 귀찮음이 먼발치서 팔짱을 낀 자세로 하품을 하고 있을지도 모른다. 그러나 눈앞은 희뿌연 폭우……. 일단은 짜증이 기권한 모양이었다. 기사는 아까보다 은근히 멀게진 낯으로 운전에 집중했다. 변수를 맞닥뜨릴 때마다 소스라치게 짜증을 내뱉었다. 이윽고 다시 한번. 기사는 짜증으로 공포를 애써 무시하고 있었다. 그러나 뒷자리에 앉은 내 눈에는 보였다. 그는 이 국면을 싫어하면서 동시에 무서워했다.

운전하는 내내 불평을 늘어놓았으면서 막상 터미널에 도착했을 때 그는 여분의 우산을 챙겨 주려고 했다. 괜찮다고 하는 나에게 싫으면 됐다며 창문을 올렸다가 이내 다시 내리고 나를 불러 세웠나.

"먼 데까지 온다고 고생했어요. 집에 조심히 들어가요."

그는 분명 나를 성가시게 여기지 않았던가?

공중전화 부스는 텅 비어 있었다. 그 뒤에는 여전히 탈북녀와 결혼하라는 현수막이 아슬아슬하게 걸려 있었다. 어제에 비하면 확연히 줄어든 인파가 대합실에 앉아 벽에 걸린 텔레비전을 보았다. 젊은 리포터가 동네 주민을 만나 인터뷰하는 그저 그런 내용의 지역 방송이었다. 말씀하신 버스는 우천 때문에 취소됐어요. 버스 연착을 묻는 노인에게 매표소 직원이 말했다. 그는 유리에 갇혀 실루엣과 목소리로만 존재하고 있었다. 번개가 짧게 터져 올랐다가 증발했다. 현상되듯 바짝 굳었던 사람들이 이내 다시 움직였다. 좀 전의 빛에 대해 수군거렸다. 터미널 바깥으로 붉은 바가지가 바람에 밀려 두어 번 엎어지며 구르고 있었다. 나를 데리러 오겠다던 현익이 무사히 도착할지 슬슬 초조해졌다.

텔레비전의 지역 방송 화면이 스튜디오 촬영장으로 바뀌었다. 캐주얼 정장을 입은 남녀 진행자가 아까 본 장면에 대해 떠들었다. 밖에서 들개처럼 자동차 경적이 터졌다. 나는 의자에서 일어나 소리가 시작된 곳을 찾았다. 현익의 검은색 지프차가 비를 맞으며 우뚝 서 있었다. 우산을 펴고 그곳으로 걸어갔다. 물웅덩이를 피하지 않고 아무 데나 밟아 양말이 축축하게 젖었다. 운전석의 현익은 검은 야구 모자를 쓰고 있었다. 나는 딱딱한 챙 밑으로 그늘진 그의 얼굴을 천천히 뜯었다. 로션을 바르지 않은 듯 텁텁한 피부결과 툭 튀어나온 코털 한 가닥. 면도는 했다. 피곤해 보였다.

차가 서행하며 외로운 표정의 공중전화 부스가 멀어졌다. 좌우로 긴 우락부락한 산세가 숨을 골랐다. 주차된 차 한 대 없는 펜션촌이 간헐적으로 전방 시야에 나타났다가 안개에 묻혀 물러났다. 끝없는 빗길이었다. 고속도로 진입까지는 아직 멀었다. 현익은 말이 없었다. 기분이 안 좋은 걸 수도 있었다. 울음처럼 쏟아지는 빗물을 와이퍼가 힘겹게 닦아 냈다.

금방이라도 철사가 떨어질 것 같았다.

"두 시간 전 태풍이 제주도를 지났대요. 우리는 지금 태풍의 옆구리에 있는 거지요. 곧 태풍의 눈이 여기에 도달할지도 몰라요."

내가 말했다. 현익은 여전히 챙에 눈가가 가려져 콧잔등과 입술로만 존재하는 시꺼먼 얼굴로 대답했다.

"그래 봤자 태풍의 눈은 아주 잠깐 머무르다 사라지겠죠. 또 무거운 비구름에 갇히고 말 테고요. 결국 이 재해를 거치지 않고는 집에 도착할 수 없습니다."

갓길에서 지프차가 멈췄다. 건너야 할 다리는 격류에 교각이 잠겨 상판만 아슬아슬하게 내민 채 버티고 있었다. 어디 도망칠 곳도 없고 그렇다고 앞으로 나아갈 수도 없었다. 현익과 나는 캔 커피를 하나씩 나누어 마셨다. 먹구름 뒤에 숨은 짐승이 무너지듯 울었다. 멈춘 차에 발이 묶인 와이퍼는 신화 속 죄인처럼 무한히 유리를 닦았다. 최대한 천천히 마셨는데 캔 커피가 금세 동났다. 이런 빗속에서는 도대체 어디로 나아가야 하는 걸까. 현익은 의외로 초조해하는 기색이 없었다. 시동을 껐다.

"발이 묶인 김에 사격 연습이나 할까요. 다나를 언제 어떤 날씨에 만날지 모르니까요. 비 그칠 때까지 계속 이러고 있을 수도 없고요."

현익이 반투명한 재질의 우비를 걸쳐 입고 밖으로 나섰다. 앞으로 한참 홀로 걸어 나가더니 차에서 나오지 않는 나를 향해 따라오라고 손짓했다. 내가 별 반응을 보이지 않자 다시 내 쪽으로 걸어와 탱크처럼 거칠게 보조석 문을 열었다.

"안 나와요?"

"이 날씨에 사격 연습을 하자고요?"

"왜 못 해요?"

빗물을 머금은 챙이 오줌 모양을 그리며 짙어졌다. 나는 차에서 내려 산속으로 걸었다. 현익이 앞장서고 내가 뒤따라가는 모양새였다. 지면의 맥박이 피부를 타고 올라왔다. 빗물에 젖은 숲에서는 바닷물과 비교할 수 없는 지독한 비린내가 났다. 물먹은 운동화에서 바람 빠지는 소리가 났다. 나뭇가지에 막혀 하늘조차 보이지 않을 만큼 나무가 빽빽한 평지에서 이동을 멈췄다. 검은 야구 모자를 쓴 현익이 무의식적으로 우비 모자를 벗었다가 다시 썼다. 나는 젖은 얼굴을 손바닥으로 가볍게 쓸었다. 총을 고정한 슬링을 어깨 위로 추어올렸다.

"궁금한 게 있어요. 왜 이렇게 나한테 잘해 주지요?"

문득 손이 차가워 나는 주먹을 꽉 쥐었다. 오늘따라 유달리 정교하게 본뜬 석고 같던 그의 얼굴 근육이 움직였다.

"이유가 있겠습니까? 그냥 처음 봤을 때부터 가까워지고 싶었습니다."

번개가 번쩍하며 무너졌다. 빛의 파편이 떨어졌다 사라진 그곳에 짐승 한 마리가 있었다.

다나였다.

스무 걸음만 걸으면 다다를 법한 아주 가까운 거리. 육안으로도 키가 가늠되는 그곳에 다나가 있었다. 다 찢어진 옷을 입은 채였다. 내 계산에 따르면 다나는 지금쯤 법송군 지척에 있어야 했다. 그러나 이곳은 법송군은커녕 다나가 탈출한 동물원에서도 얼마 떨어지지 않은 작은 군이었다. 넉 달이 지나도록 다나는 고작 이만큼 이동했단 말인가? 거친 모래를 문 것처럼 입안이 꽉 막혀 나는 아무 말도 할 수 없었다. 푹 젖은 형체로 왈츠를 추듯 아주 밋밋하게 어슬렁거리던 다나는 고개를 돌려 우리가 있는 쪽을 바라보았다.

그건 아주 늙고 탈진한 여자였다.

호스를 꽂아 수분만 뺀 것처럼 볼품없이 메마른 몸이었다. 과반이 순백한 긴 머리카락은 비에 젖어 두피에 딱 달라붙어 있었다. 동공을 고정한 눈꺼풀이 지나치게 헐렁해 보이는 것은 어째서인가. 등을 치면 동공을 비롯한 모든 장기가 그대로 쏟아져 나올 것만 같았다. 하얀 종아리는 오래된 딱지와 다친 지 얼마 되지 않아 새빨갛게 부어오른 생채기로 뒤덮여 있었다. 그러나 다나의 신체 여러 부분을 낱낱이 훑어보다가도 내 시선의 종착지는 결국 얼굴이었다. 나와 닮은 그 얼굴. 내가 찾던 짐승은 나와 피를 공유한 유일한 존재였다.

나는 총구를 겨눴다. 다나가 그런 나를 악의 없이 바라보았다. 나를 알아봤을까? 상관없다. 어쨌든 오늘은 내가 그동안 살아온 목적에 도달하는 날이니까. 방아쇠에 건 손가락에 힘을 주려던 찰나 온몸이 떨리기 시작했다. 뒤늦은 한기가 찾아온 듯 치아가 저절로 달달 맞부딪쳤다. 손끝에 힘이 들어가지 않았다. 지금껏 내가 소중하게 품어 왔던 증오에서 빈 깡통 소리가 났다. 이 깡통의 입구를 따면 분명 그동안 맛보지 못한 성취와 환희가 있으리라 믿었는데……. 나는 안전장치를 풀고 개머리판에 얼굴을 가까이 붙였다. 열세안을 감으면 흐릿한 짐승 한 마리의 실루엣이 보였다. 그러나 열세안을 뜨면 동심원에서 비껴간 한 여자가 또렷하게 보였다. 늙은 내 얼굴이었다.

"빨리 죽여요!"

곁에서 현익이 소리 낮춰 재촉했다. 죄 많은 여자는 이제 영락없는 노인이었다. 날 강제로 붙잡지도 못하고, 막아서지도 못한다. 그렇다고 멀리 도망가지도 못하고 그저 앙상한 두 다리로 헤맬 뿐인. 그 앞에서 총을 겨누는 나는 비할 수 없이 견고하다. 이제 죄를 지을 만큼 강한 쪽은 나였다. 세월은 내 엄마를 멋대로 나약하게 만들고 면죄부를 주었다. 내가 이길 것이 분명한 이 싸움에서 나는 한 걸음도 떼지 못했다.

“야!”

현익이 소리쳤다.

“안 죽이고 뭐 하냐고!”

총을 잡은 손이 빗물에 젖어 미끄러웠다. 방아쇠에 놓인 검지에서 힘이 빠졌다. 아무래도 안 될 것 같은데…….

“너 진짜 병신이냐?”

내 손 위로 크고 거친 현익의 손이 겹쳤다. 뒤에서 나를 끌어안다시피 한 현익은 망설이지 않고 순식간에 방아쇠를 당겼다. 산을 찢어발길 듯한 총성이 울렸다. 흐릿한 여자 실루엣이 바닥으로 떨어졌다. 현익이 굳어 버린 나를 그대로 두고 큰 보폭으로 빠르게 걸어 나갔다. 스무 걸음 전에 멈춰 서더니 다나의 머리채를 붙잡고 들어 올렸다. 왼쪽 어깻죽지가 부서진 다나가 입을 반쯤 벌린 채 코피를 흘리고 있었다. 감지 못한 눈이 자기 머리채를 붙든 현익을 바라보았다. 현익은 신나게 다나의 머리를 흔들었다. 볼품없이 마른 다나의 몸이 두꺼운 남자 손 아래서 이리저리 나부꼈다.

“나이스 샷!”

눈을 가린 야구 모자 챙 밑으로 돌연 입꼬리가 씨익 올라갔다. 나는 총 든 자세 그대로 앞으로 걸어갔다. 폭우에 잡아먹힌 축축한 지면이 금방이라도 무너질 것처럼 울컥울컥 들썩였다.

“뭐 해?”

오늘따라 현익이 왜 야구 모자를 쓰고 왔는지 궁금했다.

“내가 반말해서 그래? 답답해서 나도 모르게……. 고치겠습니다. 아까 병신이라는 말도 실수였어요. 다나가 바로 앞인데 망설이는 게 이해가 되지 않아서…….”

이제야 그 이유를 알았다. 빗물 속에서도 두 눈만은 부릅떠야 했다. 처음부터 뭐든 하나 사냥하려고 했던 것이다.

모자챙 아래 그늘에 자리한 현익의 두 눈은 총구의 방향을 좇느라 분주했다. 방금 지나온 일에 대한 반추는 없었다. 그에게 다나는 멋진 헌팅 트로피였다. 철물점에 걸린 박제된 사슴처럼. 그러므로 다나는 현익의 손에 죽어서는 안 됐다. 반드시 내가 죽여야 했다. 이 싸움에 트로피는 없어야 했다. 그 사실을 방금 깨달았다. 나는 방금 내 평생의 분노를 모욕당했다.

현익이 내 목전에 있었다. 정확한 자세로 견착할 필요도 없는 거리였다. 총구로 현익의 머리를 감싼 야구 모자를 찔렀다. 현익이 뭐라고 말을 꺼내기도 전에 방아쇠를 당겼다. 다시 한 번 총성이 곳곳을 갈랐다. 잘못 밟은 웅덩이처럼 핏방울이 내 얼굴로 튀어 올랐다. 두 구의 살덩어리가 내 발치로 둔탁하게 떨어졌다. 나는 한 걸음 뒤로 물러섰다. 얼굴 없는 시체가 다나의 머리카락을 쥔 채 꿈틀거렸다. 검붉은색으로 물든 나뭇잎 더미에 희끗한 살점들이 떨어졌다.

비린내가 난반사하듯 흩어졌다. 젖은 양말 안으로 핏물이 빗물과 함께 스며들었다. 비는 저주처럼 쉴 새 없이 쏟아졌다. 야구 모자에 하얗게 놓인 알파벳 자수에 구멍이 뚫렸다. 으깨진 건 얼굴이었다. 그 곁에 으깨지지 않은 다나의 얼굴이 허공을 향해 비뚜름하게 꺾여 있었다. 비로소 내 삶의 하나 뿐인 목적이 이루어졌다. 동시에 내 노년도 최후를 맞았다. 늑골 중 하나가 어긋나 폐를 쿡쿡 찌르는 듯 아팠다. 숨쉬기가 버겁고 근육질의 장기가 따가웠다. 내 유년기의 기억이 산사태처럼 범람하더니 늪에 잠긴 듯 감쪽같이 모습을 감췄다. 그 기억 위에 사람의 언어로 간신히 쌓아 올린 나의 삶도 순식간에 무너셨나.

나는 병원 입원실에 침입하기 위해 몇 개의 범죄 기사를 찾았다. 어느 병원이든 입원실은 보안 구역이라 정확한 경로를 파악하는 게 중요했다. 그러나 입원실 침입범의 출입 경로를 설명한 기사는 없었다. 다만 오전 11시와 오후 11시를 넘나드는 범행 시각을 통해 나는 입원실이 보안은커녕 병원에서 가장 개방적인 공간임을 알 수 있었다. 모니터에 띄워져 있던 기사 창을 닫았다. 지금은 오후 7시. 입원 병동은 밤 10시에 모든 불이 꺼진다. 나는 정확히 10시에 출발할 예정이다.

공공 의료원 홈페이지에 들어가 원내 배치도를 살폈다. 지하 1층, 지상 2층 규모의 본관과 지하 1층, 지상 3층 규모의 신관이 있었다. 조 단장은 신관 3층에 입원했다. 정확히 어느 호실인지는 듣지 못했다. 3층은 입원실뿐이다. 신관 입구만 열려 있으면 비상구를 통한 침입은 금방이다. 하지만 닫혀 있다면? 다행히 신관과 본관이 연결되어 있는 구조다. 본관이라면 얼마든지 들어갈 수 있다. 응급실이 본관에 있으니까. 그러나 별로 내키는 경로는 아니다. 나는 한눈에 보기에도 거추장스러운 배낭을 메고 갈 생각이다. 응급 환자의 옷차림이 뭐가 중요하겠느냐마는 무거운 배낭은 눈에 띌 수밖에 없고, 정확한 진료를 위해서라면 반드시 배낭을 내려놓아야 할 테고, 둔탁한 무게감에 간호사가 이상함을 감지할지도 모르고…… 일단 응급실에 들어갈 만한 가짜 증상도 고안해야 한다. 어디가 아프다고 해야 괜찮을까? 마뜩잖으면 그냥 아파서 미친 척을 하자. 어쨌든 응급실에 들어가기만 하면 그만이다. 혹은 가족의 전화를 받고 급하게 찾아왔다고 하거나. 결국 가장 이상적인 경로는 신관 입구가 열려 있어 곧장 3층으로 올라가는 거다. 됐다. 컴퓨터를 껐다.

총열을 꺾어 배낭에 넣었다. 일회용 마스크를 썼다. 황사가 심한 날 작업할 때 조 단장이 쓰던 것이었다. 머리 위로 국유림 영림단 작업 보자도 써 보았다. 오히려 의심받기 딱 좋은 모습이었다. 모자를 벗어 원래 자리에 뒀다. 불을 끄고 현관에 앉아 운동화 끈을 묶었다. 목덜미가 간지러웠다. 어둠이 내 등에 올라타 어딜 가냐고 속삭이는 게 틀림없었다. 과연 네가 성공하겠냐는 비아냥까지. 나는 뒤돌아보지 않고 그대로 일어섰다. 구름이는 나를 보고 짖지 않았다. 나는 빠르게 마당을 벗어나 미리 부른 콜택시에 올라탔다.

택시 기사가 룸미러로 슬쩍 나를 쳐다보았다. 정적 속에서 요금이 올라갔다. 시간을 확인했다. 10시 20분이다. 도착 예상 시각은 10시 40분. 그때쯤이면 조 단장과 원지 모두 잠들었을 것이다. 의료원으로 가기 위해 택시는 두 개의 면을 지났다. 어둠에 깊이 잠겨 정체를 알아볼 수 없는 밭들이 창밖으로 빠르게 흘러갔다.

거스름돈도 받지 않고 택시를 떠나보냈다. 붉은 응급실 간판을 달고 있는 오래된 시멘트 건물 하나, 그 뒤로 한 면이 통유리창으로 빼곡하게 덮인 세련된 건물이 붙어 있었다. 나는 신관으로 들어가기 전에 본관의 응급실부터 가 보기로 했다. 상시 같은 자리에 있는 푸른 천막의 선별 진료소를 지나 휠체어용 경사로에 올랐다. 한 발짝씩 밟을 때마다 께름칙한 예감이 들었다. 비정하게 닫힌 응급실 자동문에는 평일 오후 10시까지만 문을 연다는 안내문이 붙어 있었다. 이제 대안은 없다. 신관이 반드시 열려 있어야 한다. 나는 경사로를 내려

왔다.

배낭 안에서 총기가 덜그럭하며 무언가와 부딪치는 소리가 났다. 기분 탓인가? 출발할 때는 나지 않았던 것 같은데…… . 의료원 마당 앞길로 트럭 두 대가 전조등을 뿜으며 빠르게 지나갔다. 나는 걸음을 보챘다. 배낭에서 덜그럭하는 소리가 더 커졌다.

다행히 신관은 열려 있었다. 허무할 정도로 간단한 진입이었다. 어스름하게 켜진 전등 아래 사람은 보이지 않았다. 나는 화장실 바로 옆에 있는 비상구로 들어갔다. 무거운 고철 덩어리 문이 또 쉽게 열렸다. 계단을 두 칸씩 올랐다. 밀폐된 공간에서 내 발소리가 쿵쿵 울렸다. 복도로 이어지는 문을 열려다가 벽에 붙은 숫자 2를 확인했다. 문고리에서 황급히 손을 떼고 다시 두 칸씩 한 층을 더 올랐다. 3층이었다. 두꺼운 문 앞에서 가슴이 떠들썩하게 뛰었다. 곧 벌일 죄에 대한 두려움 때문인지, 아니면 쉬지 않고 계단을 올라온 탓인지 짚을 수 없었다. 나는 손바닥을 가슴 위에 올리고 숨을 천천히 가다듬었다. 남은 한 손으로 차가운 문고리를 잡았다. 내가 열어주길 기다렸다는 듯이 문고리가 쉽게 돌아갔다.

복도는 깊게 잠든 듯 불 꺼진 채였다. 나는 회중전등을 켜고 앞으로 걸어 나갔다. 병실마다 붙은 입원 환자 이름표를 확인했다. 끝에서 세 번째 칸, 조 단장의 이름을 발견했다.

8인실이지만 입원 환자는 조 단장을 포함해 네 명이었다. 회중전등을 껐다. 가방에서 총을 꺼내 실탄을 장전했다. 최대한 소리가 나지 않게 살살 문을 열었다. 병실은 인위적인 푸른색이었다. 여러 몸이 내뱉는 숨소리가 흐릿하게 번졌다. 나는 최대한 발소리를 죽인 채 공간을 거닐며 환자들의 얼굴을 훑었다. 이윽고 곡선 레일을 따라 쳐진 회색 방염 커튼과 맞닥뜨렸다. 좌측 창가 자리였다. 회색 커튼을 걷었다. 조 단장과 원지가 환자 침대와 보호자 침대에 나란히 누워 잠들어 있었다. 나는 안으로 들어가 커튼을 닫았다. 곤히 잠든 원지의 얼굴을 잠시 구경하고는 총을 정확한 자세로 견착했다. 원지가 눈을 떴다.

잠에서 막 깨 안검에 힘이 빠진 눈이었다. 그 시선은 내 얼굴에 잠깐 머물다가 자신을 향한 총구로 내려갔다. 나는 견착 자세 그대로 걸어가 원지의 이마에 총구를 갖다 붙였다. 보호자 침대의 인조 가죽 시트에 달라붙어 있던 몸뚱이가 조금씩 가슴을 들썩이기 시작했다. 나를 응시하는 두 눈에 힘이 들어갔다. 이내 거칠어지는 호흡 소리에 나는 그대로 원지의 입 안에 총구를 쑤셔 박았다.

총구를 문 얼굴이 고개를 좌우로 거칠게 흔들었다. 양손으로 총열을 붙잡고 어떻게든 빼내려 애썼다. 그럴수록 나는 총구가 목젖을 찌르도록 더 세게 들이밀었다. 쩍 벌린 입 옆으로 침이 줄줄 흘렀다. 콧구멍이 연신 수축했다 확장하며 뜨거운 공기를 내뿜었다. 동그란 눈에서 눈물이 주룩 흘러내렸다. 원지가 별안간 개구리처럼 양팔을 들어 올리더니 양 손바닥을 맞대고 재빠르게 비볐다. 끈끈이에 발이 묶인 파리 같았다.

아으아. 아흐아. 아으아으아. 원지의 말은 충구에 잡아먹혀 불분명하게 흐트러졌다. 비로소 나는 원지보다 더 정확한 발음을 구사하게 되었다. 이제 내 안의 증오를 살짝 건드리면 원지는 순식간에 머리 터진 고깃덩어리가 될 것이다. 원지의 얼굴이 투명한 침으로 반질반질하게 젖어 유리처럼 빛났다. 내가 막 머릿속으로 생각해 두었던 문장을 발음하려던 참이었다.

"내 딸만은 살려 줘."

언제 깨어났는지 모를 조 단장이 누운 자세 그대로 눈을 끔뻑거리며 떨고 있었다. 원지가 눈을 꽉 감은 채 소리 없이 흐느꼈다.

"차라리 나를 죽여."

총을 쥔 내 손에서 힘이 빠질 찰나 조 단장이 무언가를 움켜쥐듯 손을 꽉 말아 쥐는 것을 보았다. 뾰족한 형태의 사물이었다. 불에 달군 쇠꼬챙이 같은 것. 라디오 뉴스에서 다나가 나올 때마다 내 눈치를 보며 핸들 가죽을 툭툭 두들기던 그 뭉툭한 손톱으로. 나는 복구멍이 뜨거워졌다. 동시에 눈가가 쑤셨다. 소금이 박힌 것처럼 가슴께가 따끔거렸다.

총구를 원지의 입에서 빼냈다. 상체를 반쯤 일으킨 원지가 바닥에 고개를 박고 큰 소리로 헛구역질을 했다. 어쩌면 다른 환자들이 깨어날지도 몰랐다. 그런 생각을 하면서도 나는 숨을 삼키는 내 목에서 나오는 이상한 짐승 소리를 멈출 수 없었다. 조 단장은 여전히 잘 접은 신문지처럼 정자세로 누워 있었다.

"왜, 저는, 당신 딸이 될 수 없었나요."

얼기설기 뭉친 문장이 지점토처럼 뚝뚝 떨어졌다. 모래처럼 까끌거리는 혀의 돌기가 입천장을 한 번 훑었다가 주눅 든 모양새로 납작하게 누웠다. 내 안의 아나운서가 체념한 듯 고개를 양옆으로 저었다. 어쩌면 처음부터 불가능했다. 사람의 언어를 완벽하게 배우는 것, 구사하는 것, 사람처럼 사고하는 것, 그래서 사람이 되는 것. 그들에게 일원으로 인정받기 위해 부단히 노력했지만 결국 그럴 수 없었다. 이곳의 양식을 따르는 내 행위는 원주민들의 눈에 흉내로 그치고 만다. 내가 베는 나무가 어디로 넘어질지 뻔히 알면서도 나는 모르는 척 했다.

"저는 분명 구름이보다도 말을 잘 들었는데요……."

구름이는 내 동생이다. 원지의 말에 따르면 그랬다.

일기예보에 의하면 당분간 건조한 날씨가 이어질 예정이다. 태풍이 연해주에서 소멸한 지 일주일이 지난 오늘 새벽 하늘에는 불면처럼 적운이 껴 있다. 조금 있으면 쓸쓸한 일출 사이로 닭 우는 소리가 난입할 것이다. 마냥 풍경을 구경할 여유가 없다. 바닥에 카펫처럼 깔린 흐릿한 새벽빛을 밟으며 나는 몸을 옮겼다. 주방 싱크대에서 배낭 속 짐을 다시 한번 확인했다.

실탄 두 발이 그대로 남아 있는 총과 따지 않은 파인애플 통조림 세 캔, 500밀리리터 생수 한 통, 손바닥만 한 크기의 과자 여섯 봉지, 그리고······. 성인 가요방 라이터와 누런 크라프트 재질의 성냥 한 갑을 두고 고민했다. 언제나처럼 조임새가 헐거운 수도꼭지에서 물방울이 떨어졌다. 나는 성냥갑을 주머니에 넣었다.

배낭을 메고 집 밖으로 나왔다. 잠에서 깬 구름이가 꼬리를 흔들며 짖었다. 텔레비전에서 듣기로 개는 기분이 좋을 때 꼬리를 흔든다고 한다. 그러나 내 경험상 구름이는 화가 날 때도 꼬리를 흔들었다. 나는 말뚝에 말려 있던 쇠목줄을 풀어 그대로 바닥에 던졌다. 갑자기 이동 반경이 늘어난 구름이가 짖기를 멈추고 이리저리 서성거렸다. 모가지를 감싼 붉은 밴드까지 풀어 주자 구름이는 정말로 쇠목줄 없이 자유가 되었다. 나는 다시 홀로 밖으로 걸어 나갔다. 편의점 사거리로 이어지는 비포장도로에서 문득 뒤를 돌아보았다. 구름이는 내가 서 있는 곳 반대편으로 정신없이 달려갔다.

사거리 가드레일에 혼합림을 주장하는 현수막이 걸려 있었다. 국유림 관리소 앞에서 시위하던 환경 단체의 소행일 터다. 신호등이 초록색으로 바뀌었다. 나는 횡단보도를 건너 이 고장을 둘러싼 산으로 향했다. 풀이 듬성듬성 자란 비탈 위에 '입산 금지' 표지판이 꽂혀 있었다. 이제 나는 사람의 명령을 충실히 따를 필요가 없다. 아나운서는 내 머릿속에 나타나지 않는다. 툭하면 내 안의 라디오 부스 불을 켜고 앉아 대본을 읊던 그녀는 내가 사람의 언어를 버림으로써 실직자가 되었다. 나는 앞으로 다나의 언어로만 말할 것이다.

거친 산길을 해가 다 뜨도록 쉬지 않고 올랐다. 아득한 저 아래로 하찮은 마을이 보였다. 나는 주머니에서 성냥갑을 꺼냈다. 박스의 좌측면을 밀어 성냥 더미를 확인했다. 그중 하나를 꺼내 붉은 대가리를 살폈다. 박스 마찰면에 성냥 대가리를 빠르게 긁었다. 순식간에 불이 붙으면서 개비가 까맣게 타올랐다. 내 손안의 불꽃 너머 화장장에 누운 시체 같은 나무들이 열기에 잠겨 조악하게 흔들렸다. 이제 나무들은 모래사막과도 같은 불길에 갇혀 뼈가 이리저리 꺾이고 흙에 잡아먹힐 일만 남았다. 곧이다…… 들고 있던 성냥을 힘껏 내던졌다. 마른 나뭇잎 더미에 떨어진 성냥불이 바로 뒤의 나무로 옮겨붙었다. 이윽고 부피를 넓히더니 삽시에 중구난방으로 퍼져 여러 그루의 나무를 삼키기 시작했다. 불과 면한 내 몸통이 뜨거웠다. 나는 뒷걸음질하다가 불길의 반대 방향으로 무작정 뛰었다.

수종 대부분이 소나무라 산불에 취약하다. 건조한 바람이 휘몰아치는 이 날씨에 소방 헬기는 큰 소용이 없다. 운만 잘 따라 주면 산불은 사나흘 이상 이어질 것이다. 나는 그저 여기서 벗어나기만 하면 된다. 뒤에서 나무가 갈라지고 쓰러지는 소리가 들렸다. 배낭 속 총이 내 뜀박질 속도에 맞춰 파인애플 통조림과 부딪쳤다. 나는 불길이 다다르지 못할 만큼 아주 높은 산으로 갈 작정이었다. 그래서 멀쩡한 나무조차 누워 자라는 그곳으로.

도착하면 일단 입고 있던 옷을 전부 벗고 척추가 부서진 하늘다람쥐처럼 바위 위에 눕고 싶다. 가시를 뾰족하게 세운 따가운 늦가을 햇볕에 온몸이 뭉개져 시원해질 때까지 땀을 피처럼 양껏 흘리면서. 그리고 파인애플 통조림을 먹으며 구경할 것이다. 숲과 함께 사람들이 무너지는 광경을.

어느 날,

삶이 주관식 시험지 한 장을 내밀었다.

'사랑하거나 사랑했던 것들을 쓰시오.'

나는 빈칸을 채웠다. 그다음 문항.

'미워하거나 미워했던 것들을 쓰시오.'

마찬가지로 빈칸을 채운 뒤 깨달았다.

두 문항에 대한 답이 똑같다는 걸.

어렸을 때는 내 방 책상 위에 지구본을 뒀었다.

다른 넓은 세상으로 떠나는 공상에 빠지기 위해.

'이 좁고 삭막한 동네에서 살고 싶지 않아요.

반드시 이곳을 떠나 돌아오지 않을 거예요.'
가족에게 그렇게 말하고 정말로 실천하는 꿈.

다 자란 후에야 그 좁고 삭막한 동네를 떠났다.
그리니 많은 순긴 괴로웠다.
성실하고 어른스러운 사람들 사이에서.
내 어린 시절을 모르는 사람들에게
나도 당신들과 어울릴 수 있음을 보여 주기 위해
적절한 문장을 말하려 부단히 노력하면서.
잠들기 전에는 물속에 얼굴을 넣은 듯 번민에 잠겨 소리
없이 되뇌었다.
어릴 때보다는 지금이 나아. 그때보다는 행복해. 그때는 최
악이었어. 이 정도면 정말 좋은 곳이야.

그러나 결정적인 순간, 실은 그때로 돌아가고 싶었다고…….

나의 동네.
나의 지구본.
니의 꿈.
꿈?

다시, 처음으로 돌아와서.
'미워하거나 미워했던 것들을 쓰시오.'
시험지를 내민 삶의 뻔뻔한 표정.
사실 내가 가장 미워하는 건
이 시험지를 내민 삶이다.
내가 미워하는 모든 것으로 빚어진 삶.
도망치려 들어선 모든 길목마다 마주친 삶의 그림자.
삶에게 몸이 있다면 장기를 모조리 꺼내고 싶다.
세상에 존재하는 모든 벌을 삶이 받았으면 좋겠다.

그럼에도 삶의 몸에 다시 장기를 집어넣고 살을 봉합하는
것도 결국 나겠지만.
삶을 해하는 방법을 찾는 데 긴 시간을 쏟다가도
결국 그 방법으로 삶을 지킬 것이다.
삶이 불길 속에 갇힌다면 맨몸으로 구해 낼 것이다.
삶이 아파하면 울기도 할 것이다.

그게 내가 삶을 미워하는 방식이다.

2026년 1월

박서영

인류세적 인간학에 대한 문학 보고서

심신성(문학평론가)

세계의 끝, 폐허

『다나』는 지금 우리가 직면한 인류세(Anthropocene)의 풍경을 서늘하게 그려 내는 작품이다. 인류세란 인간이 더 이상 자연의 일부가 아니라 자연을 변화시키는 주요 지질학적 요인이 된 시대를 뜻한다. 『다나』는 이 거대한 추상적 개념을 선언적으로 설명하는 대신 멸종 위기종이자 인간과 흡사한 외모를 지닌 가상의 짐승 '다나'와 그가 인간 사이에서 낳은 딸인 '나'(별이)의 이야기를 중심으로 외래종과 외래 병해충, 이에 대한 방역과 방제, 한국 사회의 정책 등이 교차하는 장면들을 통해 구체적으로 체감하게 한다.

소설은 '나'를 움직이는 두 개의 서로 다른 목적이 뒤얽히
며 펼쳐지는 이야기를 그린다. 하나는 외래 동물종 '다나'의
몸에 기생하는 병해충 '소나무등벌레' 방제 작업이다. 정부에
의해 구성된 '소나무등벌레병 특별 방제단'에 소속된 '나'는
한반도의 산을 샅샅이 파고들며 나무를 베고 주사를 놓는다.
또 하나는 엄마인 '다나'로부터 벗어나 인간이 되고자 하는
'나'의 자기 탐색이다. 그리고 이 이야기의 바탕에는 생태적·
존재론적 차원에서 전개되는 세계의 폐허가 있다. 여기서 '폐
허'란 파괴 그 자체보다는 파괴 이후 새로운 탄생으로 이어지
는 일종의 '교란' 상태를 말한다. 그런 측면에서 이 소설의 '폐
허'는 인류학자 애나 로웬하웁트 칭이 말한 '자본주의적 폐허'
라는 개념과 맞닿아 있다. 애나 칭은 송이버섯과 마츠타케 숲
등을 추적하면서 인간과 비인간, 자본주의와 폐허가 뒤엉킨
생태계적 교란이야말로 새로운 삶의 가능성을 열어젖힐 수
있다고 본다. 왜냐하면 "우리에게 남은 선택지는 이렇게 버려
진 폐허에서 생명을 찾는 일밖에 없"*기 때문이다. 그런 점에
서 인류세를 살아가는 인간에게 필요한 자질은 이제 인간과
인간 아닌 생명체와의 교란적 관계, 그리고 인간 너머의 창발

---

* 애나 로웬하웁트 칭, 노고운 옮김, 『세계 끝의 버섯』(현실문화, 2023),
30쪽.

적 존재에 대한 탐구일지도 모른다. 이렇듯 『다나』는 자본주의적 폐해와 생태적 교란이 만들어 낸 폐허가 오히려 새로운 존재의 생존과 터전이 되는 인류세적 상상력을 펼쳐 보인다. 이를 위해 소설은 '다나'라는 외래종의 이주와 탈주 그리고 죽음에 이르는 생애사를 한 축으로, 그리고 '나나'와 사육사 사이에서 태어난, 문자 그대로 반인반수인 '나'의 인간화 프로젝트의 전말을 다른 축으로 전개된다.

비정상성의 낙인과 성적 뉘앙스

『다나』의 시작과 끝을 관통하는 핵심 모티프는 '다나'보다는 '소나무등벌레'라는 해충이다. 스스로 이동하지 못하고 오직 '다나'의 몸과 소나무 조직에서만 생존 가능한 '소나무등벌레'는 생물학적으로 미미한 해충에 불과한 듯 보이지만 소설에서는 인간 사회의 공포, 정부의 정책적 대응, 숲의 변화를 연쇄적으로 일으키며 '다나'의 정체성까지 아우르는 중심축 역할을 한다.

'소나무등벌레'와 '다나' 그리고 소나무는 얽힘과 오염의 관계로 맺어져 있다. 그것에 일단 감염된 나무는 무조건 고사한다고 해서 일명 "소나무 에이즈"(91쪽)로 불리는 소나무등벌레병은 마치 소나무 고사(枯死)의 직접적이고 유일한 원인처럼 서술된다. 그리고 이 병원체의 숙주인 '다나'는 "무분별한 본능에 따라 행동"(99쪽)하는 '성병 보균자'에 비유된다. 이러한 명명법에서도 알 수 있듯 소설에서 소나무등벌레는 단지 숲을 망치는 병해충이라는 의미를 넘어 다나가 일종의 도덕적 공포를 불러일으키는 기호로 작용하도록 만든다. 그뿐만이 아니다. 3부 도입부에서 소개된 '소나무등벌레병'에 관한 백과사전적 정보는 이러한 도덕적 공포가 사실은 정부의 감염 관리 실패를 감추기 위한 정치적 명분이나 핑곗거리에 불과할지도 모른다는 사실을 암시한다. 백과사전 내용의 일부를 보자.

4) 피해 양상

과거 국내 전체 산림 면적의 60%를 차지했던 소나무는 소나무등벌레가 유입된 1990년대부터 크게 감소하기 시작해 2010년대 25%로 줄었다. 가장 피해가 심각한 지역은 제주도로 지난 10년간 255만 그루의 소나무가 벌목됐으며 송이 최대 재배지인 영덕 일대 역시 소나무등벌레병 감염목이 확인돼 산림청이 지정한 소나무류 반출 금지 지역으로 관리되고 있다.

소나무등벌레가 국내에서 최초로 발견된 곳이 경기도 소재의 동물원 다나 사육장이라는 점을 생각해 보면 한반도 남

부지역의 폭발적인 감염 양상은 의아하다.(93쪽)

　이 정보는 처음부터 소나무등벌레병을 "다나섬 원산의 외래 병"(91쪽)으로 규정하고 있다. 그러나 위의 내용에 따르면 소나무등벌레 감염 피해가 가장 심각한 지역은 제주도로, 이곳은 소나무등벌레가 최초로 발견된 "경기도 소재의 동물원 다나 사육장"은 물론이고 다나가 사육사에 의해 버려진 후의 서식지인 강원도 연리재와도 무관한 곳이다. 심지어 소나무등벌레병을 추적할수록 "이제 소나무등벌레병은 다나와 무관하게 아무 데서나 발병하는 것처럼 보인다."(173쪽)는 주장이 제기되기도 한다.

　게다가 백과사전 후반부에 서술되는 내용은 생태적 위기에 관한 과학적 보고가 소나무에 덧씌워진 상징적 의미, 예컨대 "한결같은 푸르름"(56쪽)에 대한 유사 종교적 믿음에 의해 지탱되고 있다는 사실을 암시한다.

이대로라면 소나무는 20년 안에 우리 땅에서 멸종할 것이다. 다양한 임산물 생산과 재배에 활용되는 소나무는 경제적 가치가 높은 수종이다. 이는 국가 임업이 재난에 가까워졌다는 뜻이며 나아가 소나무로 비유되는 우리 민족정신이 역사의 뒤안길로 사라질 수 있다는 경고다.(94쪽)

'소나무의 멸종'은 단순한 생태 재앙이 아니라 '민족정신의 소멸'로 치환된다. 이는 생태 담론이 민족주의 담론과 얼마나 손쉽게 결합할 수 있는지를 노골적으로 보여 준다. 그러나 종 보존을 위한 '이기주의'에 대해서는 자연도 마찬가지다. 소나무 또한 생존을 위해 "다른 식물이 접근하지 못하도록 새싹에게 치명적인 독성물질을 방출"하고 "아래로 햇볕이 닿지 않도록 가지를 뻗어 지붕을 만"들어 "소나무 군락지에 떨어진 활엽수 씨앗"(56쪽)을 고사시키는 폭력성을 드러낸다. 순수하고 오염되지 않은 자연이란 없다. 다만 사회생물학적 네트워크 안에서 인위적으로 구성되고 명명되는 방식에 따라 인간의 인식이 달라질 뿐이다. 이는 '다나'에 대한 정의(定義)가 외래종에서 문제종으로, 그러다가 급기야 침입종으로 변화하는 과정을 통해서도 확인할 수 있다.

처음에는 멸종 위기의 신비로운 외래종이었던 '다나'는 동물원 밖에서는 생태계를 교란하는 일종의 위협으로 간주되며, 서사가 진행될수록 생태계적 위기는 물론 사회정치적 위기의 원인으로 지목되면서 점차 침입종으로 규정된다.

확실히 다나의 탈출은 재난이다. 지자체에서 괜히 재난 문자를 발송한 게 아니다. 다나는 소나무를 죽이는 병해충인 소나무등벌레를 이 땅에 들여온 매개체다. 다나섬에서만 서식하던 신비로운 짐승, 다나……. 동물원 전시 동물로 포획되어 이 나라에 수입되었다가 되레 병충이나 퍼트린 외래종……. 다나의 몸에는 소나무등벌레가 기생한다.(12쪽)

다나섬과 다나의 발견 초기에 학자들은 사람과 비슷한 모습 때문에 다나를 일종의 열등한 원주민으로 간주했다. 하지만 오랜 연구 끝에 "다나는 외형이 인간과 흡사하고 생물학적으로도 가까우나 인간은 아니"(18쪽)라는 것이 정설로 받아들여지게 된다. 사람처럼 직립보행을 하고 인간 어린이와 비슷한 외양을 가졌지만 목덜미에 수북한 털이 나 있고 언어 대신 울음으로 소통하는 다나는 프릭 쇼(freak show)의 전시품처럼 다뤄진다. "그 시절 유행하던 스포츠웨어를 입고 헤어밴드를 낀 채로 우리 안에 앉아 있"(20쪽)는 다나의 모습은 그 자체로 '사람과 닮았지만 사람은 아닌' 희귀종 관람 대상에 다름 아니었다. 그러나 사육사의 성적 학대 및 그로 인한 임신과 실종이 대중에게 알려지며 다나는 더 이상 상업적 가치를 창출하지 못하는 문제적 동물이 되었고, 이후 소나무등벌레를 한국의 숲에 퍼뜨리면서는 급기야 '재난' 그 자체이자 토착종의 생태계를 교란하는 침입종으로 확정된다.

그러나 주목해야 할 점은 소나무등벌레를 한국으로 들여온 것은 다나가 아니라 인간이라는 사실이다. 소나무등벌레

병의 확산은 동물원의 허술한 격리 시스템, 포획 과정의 부실함, 병원체 통제 실패 등과 같은 구조적 문제에서 비롯된 것이었다. 게다가 피해의 규모도 명확하지 않다. 그럼에도 국가와 언론은 이를 면밀히 따지거나 책임을 인정하지 않는다. 오히려 정부는 이 현상을 '국가적 재난'으로 지정하고, 언론은 이를 '소나무 에이즈'라는 자극적인 프레임으로 보도한다. 산림청과 지자체는 이를 명분 삼아 대규모 예산을 확보하면서 방제를 평계로 이러한 국가적 위기 담론을 더욱 부추긴다. 그 결과 모든 책임은 '다나'의 생물학적 특성으로 전가되고, 이제 다나는 '위험한 외래종'이자 '생태계 파괴자'라는 정체성을 갖게 된다. 결국 다나를 침입종으로 만든 것은 다나의 종적 속성이나 상태적 특성이 아니라 그 종을 '위협'이자 '악'으로 규정해 이득을 취하는 지식-권력과 사회적 관계의 작동이었다.* 결국 생태적 위기를 가속화한 것은 소나무등벌레와 다나가 아니라 이 외래종을 자신들의 '정치 쇼와 이득을 위한 명분'으로 활용하다가 방치한 인간이다.

그 가운데서 소나무등벌레와 다나는 거듭 타자화되며 체제의 모순을 은폐하고 타자에 대한 혐오를 정당화하는 정치

---

* Paul Robbins, "Comparing Invasive Networks: Cultural and Political Biographies of Invasive Species", *Geographical Review, Vol. 94, No. 2*(Apr., 2004), 139쪽.

적 알리바이이자 상징적 낙인이 된다. 이는 "다나는 이 땅에 강제로 끌려온 피해자다. 다나에 대한 악마화를 멈춰라."(155쪽)라는 환경 단체의 시위 구호와 "때 타지 않은 탈북녀와 결혼하세요"(95쪽)라는 현수막을 겹쳐 보는 순간 더 명확해진다. 그리고 그 순간 전시 '상품'이자 '땅'을 오염시키는 '악마'로 동시에 지목된 '다나'의 모습은 우리 사회가 외부의 존재(이주민, 여성, 비인간)를 공포스러운 괴물로 내세워 희생양으로 삼는 방식을 한눈에 드러낸다. 값싼 노동력, 전시 상품, 손쉬운 성적 대상 등의 목적으로 수입된 '외래종'은 그렇게 이 땅에서 몰아내야 할 "바이러스"(191쪽)이자 생태적 위기와 혼란을 야기하는 침입종으로 탈바꿈되는 것이다.

종(種)과 종(species)의 대격돌

물론 그렇다고 해서 다나가 순수한 피해자나 연약한 희생양만은 아니다. 왜냐하면 다나가 소나무등벌레의 숙주로서 소나무 고사라는 생태적 재앙의 매개체라는 사실은 비교적 분명하기 때문이다. 게다가 딸을 보호하는 과정에서 행해진 다나의 끔찍한 폭력은 다나의 모성을 인간 중심적 윤리나 제도로 판단하기 어렵게 한다. 자연에는 선악이 없다. 그러나 다

나의 딸이자 인간과 비인간의 경계에 있는 하이브리드적 존재
인 '나'는 한편으로는 착취와 공생, 파괴와 보존, 돌봄과 억압
이 공존하는 '다나'라는 자연의 질서와 논리를 이해하면서도
다른 한편으로는 비인간종 다나의 폭력으로부터 벗어나 인간
적 질서에 편입되고자 하는 열렬한 욕망에 이끌린다. 손톱과
발톱 모두를 뽑히는 끔찍한 학대로부터 탈출해 '조 단장'에게
구조된 '나'는 자기 안의 비인간성 혹은 이종성(異種性)을 버
리고 인간 사회로 이주해 벌목 노동자로 살아간다. 이때 벌목
노동은 어머니 '다나'가 퍼뜨린 질병을 제거하는 일종의 속죄
행위다. 그것은 또한 인간 사회에 편입되는 데 걸림돌이 되는
자기 안의 '짐승성'을 제거하려는 자기 부정 욕망의 표현이기
도 하다. '나'가 '다나'에게 죄를 묻는 대신 그 죄를 떠안는 이
유다.

　　소나무 에이즈로 비견되는 병해충을 유입한 내 엄마의 죄.
그렇게 이 땅의 멀쩡한 소나무를 수없이 죽인 죄. 내 존재는
평생을 다나 대신 속죄하는 데에 쓰일 때 가치가 있다. 다나
는 죄가 많은 짐승이다. 게다가 다나는 업보를 짊어지지도 않
는다. 업보는 사람만이 인식하고 가질 수 있는 개념. 나는 다
나의 죄를 목격할 때마다 양심이 깎이는 듯한 통증을 느낀다.
나는 다나의 딸이지만 다나와 같은 짐승은 아니다.(59~60쪽)

여기서는 죄에 대한 인식이 인간과 짐승을 가르는 중요한 기준으로 제시된다. 그런데 왜 죄인가? 왜냐하면 '나'는 죄를 인식하고 그것을 감당하려는 능력이야말로 인간을 인간답게 만드는 핵심 기준이라고 믿기 때문이다. 그런 점에서 '나'가 다나의 죄(라고 사회적으로 규정된 잘못된 행위)를 떠안는 이유는 자신이 다나와는 다른 존재, 즉 "다나와 같은 짐승이 아"닌 인간임을 스스로 증명하기 위해서다. 이는 단순히 엄마의 죄를 대신 짊어지는 윤리적 대속(代贖) 행위라기보다는 자신의 비인간적 정체성에 대한 근본적 불안을 극복하려는 자기규정 행위에 가깝다. 이 과정에서 '나'는 '다나'에게 가해진 "죄가 많은 짐승"이라는 사회적 낙인을 그대로 내면화한다. 이는 자기 안의 '다나'를 부정하고 삭제하는 일에 다름 아니다. "다나가 사람과 다른 부분이라며 귀하게 만지던 목덜미의 털"(73쪽)은 한때 '나'와 다나가 같은 종이라는 사실을 확인시켜주는 동시에 다나와의 애틋했던 관계의 흔적이다. 그러나 그것은 이제 면도를 통해 없애야 할 짐승성의 표지에 불과한 것이 된다. 그리하여 '나'는 인간과 다나를 구분하는 상징적 경계인 털을 지우고, 사람의 언어를 익히고, '별이'라는 이름을 부여받고, "면사무소와 지방법원"(73쪽)으로 대변되는 국가 기관에 인간으로 등록된다.

그러나 소설이 진행될수록 '나'는 자신이 필사적으로 동화

되고자 했던 인간 세상이 '다나'의 야만적인 폭력성과 크게 다르지 않은, 아니 오히려 더 많은 폭력과 배제의 논리가 일상화된 곳임을 깨닫는다. 게다가 '나'의 어눌한 말투와 이질적인 외모는 '나'를 인간 사회에서 여전히 낯선 존재로 만든다. 조 단장은 분명 '나'를 구한 뒤 법적 존재로 등록시켜 주지만 끝까지 '나'의 아버지가 되기를 거부한다. 그에게 가족은 부계적 혈통의 승계 안에서만 가능한 세계인 것이다. 그 때문에 '나'는 인간 사회에 '입양되지 못한 자'이거나 '잠시 머무는 자', 그래서 '인간이 아닌 유령 같은 존재'로 남겨진다. 그러니 그 세계에서 '나'가 스스로를 '고아'처럼 느끼는 것은 너무도 당연하다. 그런데 왜 '나'는 악착같은 노력에도 불구하고 끝내 인간이 되지 못했을까? 그것은 어쩌면 '나'의 인간으로서의 정체성이 오직 자연-엄마인 다나를 부정하고 적으로 규정함으로써만 성립되는 자기 소외에 기반한 것이었기 때문은 아닐까.

조 단장의 일은 산을 지키는 것이다. 늙거나 병든 나무를 베어 내고 어린나무를 새로 심는다. 다나는 적이다. 조 단장과 나는 공통의 적을 두고 있다. 나는 내 엄마를 증오한다. 그 적개심의 크기는 내가 한때 품었던 사랑의 크기와 같다. 내 엄마는 짐승이다. 그리고 나는 조 단장 아래에서 사람으로 키워졌다. 내가 발화하는 사람의 언어를 엄마는 결코 알아듣지 못할 것이다. 귀나 기울여 줄까? 어떤 딸은 엄마에 대한 분노를 먹으며 자란다. 나는 엄마와 다르다는 믿음이 비로소 나를 자유롭게 한다.(82~83쪽)

엄마를 '짐승'으로 규정하고 증오함으로써만 성립되는 '사람됨'이란 어떤 것일까? 증오와 적개심, 배제와 타자화를 통해서만 획득하게 되는 자유가 '나'를 정말 자유롭게 해 줄 수 있을까? 이러한 자기 소외와 혐오는 역설적이게도 '나'를 더욱더 인간 사회에 편입할 수 없게 만든다. 그뿐만 아니라 자기 존재의 일부인 '다나'조차 부정하게 함으로써 '나'를 인간과 짐승 어느 쪽에도 속할 수 없도록 무화시켜 버린다. 그럼에도 불구하고 끝내 '나'는 다나를 죽이기 위해 철물점 주인 현익에게 총을 구하고 총 쏘는 법을 배우기까지 한다. 다나를 죽이는 일은 '나'에게 인간임을 증명하는 최후의 통과의례인 까닭이다.

그러나 '나'는 점차 그 많은 소나무를 죽인 것이 어쩌면 다나가 아니라 정부의 방역 정책이며, 다나는 사람들이 떠들어 대는 만큼 그렇게 강력한 악은 아닐지도 모른다고 의심하기에 이른다. 이는 동일인인지 아닌지 모호한 두 번의 '남색 잠바를 입은 여자' 에피소드를 통해서도 확인된다. 이들은 '나'

가 300년 된 소나무의 죽음을 애도하는 마을 제사에서 만난 "이 나라 사람은 아닌지 이질적이면서 앳된 인상"(135쪽)을 한 '이주 여성'과 밤바다에서 자살한 '익명의 여성'이다. '나'에게 오래된 소나무의 죽음 이후에 벌어진 이 여자(들)의 죽음 혹은 실종은 이후 벌어질 다나의 죽음을 예고하는 일종의 전조 증상이다. 왜냐하면 이주 여성의 이질성은 다나가 외래종으로서 겪은 모종의 시련을 떠올리게 하기 때문이다. 이는 '나'가 자기 안의 '다나성(性)'을 완전히 삭제하지 못했음을 반증하는 것으로 볼 수 있다. 그리하여 소설의 결말에 이르러 '나'는 비로소 늙고 병든 다나와 조우하지만 끝내 다나를 죽이지 못한다. 오히려 다나는 엉뚱하게도 '나'의 다나 사냥을 응원해 왔던 현익에 의해 죽는다. 그렇게 소설 내내 '나'에게 상냥했던 현익은 다나를 죽이는 과정에서 이전과는 다른 저열한 방식의 폭력적 남성성(반말과 욕설, 조롱과 모욕, 그리고 훈계로 이어지는)을 드러냄으로써 '다나'라는 "멋진 헌팅 트로피"(203쪽)를 획득한다. 그러나 이러한 현익의 성취감은 오래가지 않는다. '나'가 곧바로 현익의 머리통을 향해 총을 쏘기 때문이다.

　'나'는 왜 갑자기 현익을 살해할까? 소설 속 서술에 따르면, 현익이 '나'와 다나의 대결에 갑자기 난입한 탓이다. '나'에게 이 마지막 대결은 인간종과 다나종의 격돌인 동시에 두 종 간의 불가분한 얽힘을 확인함으로써 자기만의 서사를 찾을 절박한 기회이다. 그런데 그 순간 현익이 자기 쾌락을 위해 다나를 죽임으로써 '나'의 서사와 정체성을 강탈한다. 게다가 소설 내내 불안감을 조성했던 현익의 젠더적·성적 위협을 생각해 보면, 그를 살해하는 '나'의 행위는 남성 폭력에 대한 일종의 자기방어로 해석될 수도 있다. 그러나 어떤 의도에서 비롯되었든 이 행위는 곧 '나'의 인간화 프로젝트의 실패를 증명한다. 인간다움을 향해 달려온 '나'의 여정은 결국 폭력과 살해로 귀결되고, 그로써 '나'는 인간 세계에서 영원히 추방되기 때문이다.

'다나-됨'의 역설

그렇다면 이제 '나'는 인간 세계를 벗어나 어디로 가야 하는가? 언뜻 '나'는 '다나 되기'를 선택한 것처럼 보인다. 현익을 죽인 뒤 '나'는 자신을 인간으로 시스템에 등록시켜 준 상징적 아버지 조 단장과 그의 딸을 죽이려고 시도하다가 문득 이렇게 묻는다. "왜, 저는, 당신의 딸이 될 수 없었나요."(210쪽) 그러나 대화는 이어지지 않는다. '나'는 인간의 삶에 편입될 수 없음을 이미 확인했기 때문이다. 그러고 나서 '나'는 그토록 갖고 싶었던 인간의 언어를 포기하고 "앞으로 다나의 언어로만 말할 것"(212쪽)이라고 선언한다. 우리는 이것을 다나로의 회귀라고 보아야 할까? 그러나 그게 전부는 아니다. '나'는 생물학적으로는 인간과 짐승의 경계를, 생태학적으로는 문명과 자연의 경계를 가로지르는 혼종적 존재이다. 게다가 '나'는 두 번의 이주(다나에서 인간으로, 다시 인간에서 자연으로)를 통한 이중의 자기부정을 거치며 인간이 규정한 정상과 비정상, 이성과 광기의 이분법을 해체하고 혐오와 부정의 대상이었던 타자들을 자기 존재의 일부로 껴안음으로써 이미 '다나'와 '인간'의 범주를 넘어선 존재가 되었기 때문이다.

그런 점에서 소설의 마지막에 '나'가 숲에 불을 지르는 장면은 인간도 자연도 아닌 존재로 남게 된 '나'가 자신을 규정해 온 두 세계를 동시에 지워 버리려는 시도라고 볼 수 있다. 그동안 숲은 '다나' 그리고 '소나무등벌레'라는 통제 불가능한 존재에 의해 교란되거나 '벌목'과 '방제'로 상징되는 인간 중심적 시스템에 의해 도구화되는 대상 혹은 타자로만 인식되었다. 그런 숲이 화재를 통해 완전히 '붕괴'됨으로써 비로소 진정한 의미의 폐허가 된다. 그리고 그곳에서 '나'는 인간이 망가뜨린 세계를 치우는 벌목꾼이자 동시에 그 폐허 속에서도 끈질기게 살아남을 짐승의 생명력을 이어받은 존재로 거듭날 것이다. 그렇게 '나'가 겪는 존재론적 위기는 기존의 언어와 윤리로는 포착하지 못했던 인류세적 현실을 지금까지와는 다른 감각으로 사유할 가능성을 열어젖힌다. 세계의 끝, 폐허에서 새로운 생존과 관계망이 시작될 수 있는 것처럼 말이다.

우리가 이 소설을 '환경문학'이라는 특정 장르에만 한정지을 수 없는 것은 이 때문이다. 오히려 이 소설은 한국 사회의 개발주의, 민족주의적 자연관, 이주와 외래종에 내한 공포, 동물권과 성폭력, 산림 정책과 비정규 노동 등 다양한 층위를 관통하는 인류세적 문제의식을 하나의 서사 공간 안에 밀집시킨다. '인간이 자연을 파괴했다.'는 도덕적 비난과 판단에 갇히지 않으면서도 그러한 파괴의 구체적인 현장들을 두루 살피는 균형 감각. 그리고 그 파괴의 현장을 살아가는 취약한 몸들의 경험과 감각을 세밀하게 복원하는 섬세함. 그러면서도 인류세를 살아가는 다양한 종들의 얽힘과 파열이 던지는 복잡한 질문을 마주하는 냉철함. 관념적인 차원에서건 실제적인 차원에서건 세계 붕괴와 폐허를 목도하고 있는 우리가 지금 『다나』를 읽어야 하는 이유다.

박민정(소설가)

내내 궁금했다. '별이'는 연리재에서 보낸 어린 시절로부터 얼마나 멀리 왔는지. 어떻게 연리재로부터 벗어날 수 있었는지, 그리고 연리재에 남겨 둔 사랑은 어떻게 되었는지. 지독한 그리움은 그만큼 깊은 증오로 치환되기도 한다. '나'의 사랑과 '나'는 서로를 배반하고 다른 언어로 말한다. 내가 사랑하는 존재가 아닌 사랑의 숙적과 더 닮아 버린 자신을 보는 고독은 매우 지독하다. 나의 나라에서 추방된 존재로 살아가는 느낌처럼. 소외된 자로서의 별이의 사랑 공식은 거듭난 자로서 원죄를 대속하겠다는 것이다.

이 이야기는 우리 국토를 둘러싼 산을 집요하게 추적하듯 정치한 묘사로 이뤄져 있다. 아마 이 소설의 마지막 페이지에

다다른 독자는 그토록 어둡고 비좁은 산길을 헤매 도착한 진
창 속에서 해방감을 느끼리라고 확신한다. 이미 태어나 버린
존재가 궁극적으로 원하는 건 사랑인가 자유인가. 그 질문
앞에 서게 된다. 결국 한 '사람'의 몫을 해낸다는 건 무엇인가
란 질문 앞에도. 작가가 세밀화처럼 그려 낸 산의 어정은 산
사태처럼 무너져 버린다. 아름답다.

오늘의
젊은 작가
54

다나

박서영 장편소설

1판 1쇄 찍음 2026년 1월 16일
1판 1쇄 펴냄 2026년 1월 30일

지은이 박서영
발행인 박근섭·박상준
펴낸곳 (주)민음사

출판등록 1966. 5. 19. 제16-490호
주소 서울시 강남구 도산대로1길 62(신사동)
  강남출판문화센터 5층(06027)
대표전화 02-515-2000 | 팩시밀리 02-515-2007
홈페이지 www.minumsa.com

ISBN 978-89-374-7739-3 (04810)
ISBN 978-89-374-7300-5 (세트)